Nico Abrell

FLYING SPARKS

1. Auflage

© Nico Abrell, Bayern
Umschlaggestaltung: YourCoverDesign.com
Unter der Verwendung von Motiven der Seiten Fotolia© und Pexels©

Herstellung und Verlag: BoD - Books on Demand,
Norderstedt
ISBN: 9783748102052

Impressum:
youtube.com/nicoabrell

Nico Abrell wurde 1999 geboren und lebt seither mit seiner Familie in Bayern. Seine Freizeit verbringt er mit dem Schreiben von Büchern oder dem Spielen seiner Gitarre. »Flying Sparks« bildet das Finale der »Skye & Kiran«-Dilogie.

Für weitere Informationen:
contact@nicoabrell.de

PROLOG

DAMALS

DAS SYSTEM

AUFGRUND VON MANIPULATION
war das System gezwungen, eine neue Version
des ehemaligen INJ-2T15 zu verwenden. Die
Berufung erfolgt auf demselben Weg wie bisher – lediglich mit verbesserter Formel und
tiefgehender Sicherheit gegenüber Eingriffen
und Eindringlingen.
Die aktualisierte Version wurde bereits erfolgreich lfs872jhd9e2892 injiziert.
nms011818181dd9dkdpdkdndü##kdkdkd
// Farbkorrektur: Blau zu Grün

Skye Ignis heißt die Person, die heute zwischen sieben weiteren Soldaten in einem der *Holo-Cops* sitzt und den Rückflug in Richtung New Ainé angetreten hat.

Ihr Name leuchtet hellblau auf dem Sol-Tablet eines Soldaten auf, der sich die Akte der Gefangenen genauer ansieht. Mit skeptischem Blick und finsterer Miene, die wie ein Schatten auf seinem Gesicht haftet.

Die Düsen des *Holo-Cops* ziehen die Luft scharf ein und geben ein stetig pfeifendes Geräusch von sich, als die Luft nach hinten davongetrieben wird. Das fliegende Gefährt bewegt sich in geraumer Höhe. Das Pfeifen dringt unterschwellig in die Köpfe der Männer ein. Wie ein lästiges Insekt, das ständig versucht, einen geeigneten Platz zwischen Haaren und Haut zu finden.

Einer der Soldaten mustert Skye Ignis.

Ihre verbundenen Augen. Der Kopf, der vorneüber gefallen auf dem Hals des Mädchens ruht. Und keiner von ihnen kann glauben, dass sie diejenige sein soll, die eine ganze Nation verraten hat. Dieses kleine Mädchen, gerade einmal siebzehn Jahre alt. So schlafend wirkt sie beinahe unschuldig und friedlich. Wie ein frommes Lamm.

Der Soldat, der Skye mustert, dreht seinen Kopf in Richtung eines der großen Fenster des *Holo-Cops.* Sein Blick richtet sich auf die Zerstörung weit unterhalb der Flugbahn des Transportmittels. Fast glaubt er, so etwas wie Mitleid in sich zu finden. Zwischen all der Wut und Gleichgültigkeit. Aber nur fast. Denn dann denkt er wieder an all das Blut, das wegen der Outlaws vergossen wurde. An all die unnötigen und nervenaufreibenden Einsätze an der Mauer aus Angst vor einem weiteren Angriff.

Sein Blick richtet sich auf die Trümmer, auf den aufsteigenden Staub – auf die Zerstörung, die die Raketen des Systems hinterlassen haben wie einen Denkzettel.

Der Soldat weiß, dass der Krieg noch längst nicht vorbei ist. Dass es noch kein Wiedersehen mit seiner Familie geben wird. Dass er weiterhin im Dienste des Systems zu stehen hat. Und wenn er es noch nicht gewusst hätte, wüsste er es spätestens jetzt, da sein Blick die

Schneise der Zerstörung entlanggleitet und über die Köpfe der zahlreichen gefangengenommenen Outlaws hinweggeht. Über all die Trucks, die mit Gefangenen gefüllt werden. Mindestens vierhundert – soweit der Soldat im Überflug schätzen kann.

Was New Ainé mit ihnen vorhat, weiß er nicht. Jemandem wie ihm wird nicht viel erzählt. Nur gerade so viel, wie er für seinen nächsten Auftrag wissen muss. Aber der Soldat weiß, dass viele Outlaws ihr Leben gelassen haben. Dass viele von ihnen inmitten der Trümmer, des Schutts und der Asche begraben liegen und nach kurzer Zeit im Staub ersticken werden, wenn sie nicht ohnehin bereits gestorben sind.

Ihm könnte das beinahe leidtun.

Aber nur beinahe.

Seine Aufmerksamkeit wird in jenem Moment auf Skye Ignis gelenkt, als sie ein stoßartiges Geräusch von sich gibt und ihr Kopf nach oben schnellt. Sie ist wach. Der Soldat weiß, was zu tun ist. Er zieht eine Spritze aus der Tasche seiner Uniformjacke hervor, greift nach dem Kopf der Gefangenen und drückt ihn zur Seite, sodass ihr weißer Hals sichtbar wird, von blauen Adern gezeichnet. Es kommt ihm beinahe zu leicht vor.

Er setzt an und drückt den Kolben der Spritze bis zum Anschlag durch. Bis sich das transparente Serum mit dem Blut von Skye Ignis vermengt hat und sie zusammenzuckend erneut in einen künstlichen Schlaf fällt.

Sein Blick gleitet ein zweites Mal ungehindert zu einem der großen Fenster. Als würde ihn die Freiheit da draußen anziehen wie ein Magnet.

In der Ferne kann er bereits die hellgrauen Silhouetten der Hochhäuser ausmachen, mit denen sich New Ainé am Horizont abzeichnet.

Schon bald ist seine Mission Vergangenheit. Schon bald wird er sich einer neuen widmen. Stets in der Hoffnung, dass der Tag kommt, an dem der Krieg vorüber ist. Dass der Tag kommt, an dem er endlich zu seiner Familie zurückkehren kann.

»Schnell reagiert, Cody!«, hört er einen der Männer sagen.

Der Soldat nickt dankend und starrt seine Gefangene Skye Ignis an. Plötzlich erinnert er sich an den Tag, an dem ihm von Commander Craig

aufgetragen wurde, die neuen Kadettin, Ms. Ignis, zu ihrem Zimmer zu begleiten.

Wie schnell aus Licht Dunkelheit werden
kann.

TEIL 1

HUNDRED
PIECES

KAPITEL 1

DAMALS

KIRAN

EIN LAUTES GERÄUSCH. So laut, dass ich mir meine Ohren zuhalte und mich unter der Bettdecke verkrieche.

Ich hoffe, Mommy geht es gut. Und Daddy.

Ich kneife meine Augen zusammen, presse meine Hände auf die Ohren. Jetzt bin ich gefangen. Wie ein Fisch im Glas.

Dieses seltsame Ding am Himmel, das wie die Sonne Licht auf den Boden wirft. Das Brummen der Maschinen. Keine Sekunde vergeht, in der mein Zimmer nicht vibriert.

Ich habe Angst. Große Angst.

Ein Wimmern dringt aus meinem Hals. Ein Schluchzen. Ich rufe ihren Namen. »Mommy!« Immer und immer wieder.

Etwas Lautes lenkt meine Aufmerksamkeit auf sich. Ich ziehe an der Decke, lege meine Füße frei und spüre die kalte Luft, die durch die offene Türe dringt.

Mommy steht im Türrahmen. Ihre Stirn wird von Falten unterbrochen. Sie kommt zu mir. Endlich. Ich greife nach ihr und strecke meine Hände aus.

Sie rennt und zieht mich an sich.

»Was ist da draußen los, Mommy?«, frage ich und lege meinen Kopf auf ihre Schulter. Mommy riecht unfassbar gut. Nach frischer Blumenwiese und dem Parfüm, das sie immer benutzt.

Ihre Hand auf meinem Rücken ist wie eine Heizung. Ganz warm.

Sie gibt zischende Geräusche von sich. Wie eine Lokomotive aus diesen alten Filmen. »Es wird alles gut, mein Schatz. Wir suchen jetzt nach deinem Dad und dann sind wir so gut wie in Sicherheit. Ich verspreche es dir.«

Daddy.

Etwas rüttelt an mir, nachdem ich mir plötzlich die Ohren zuhalte und so versuche, dem Lärm zu entkommen, der durch das geschlossene Fenster dringt. Etwas da draußen hat gerade geknallt. Tiefgehender und lauter als zuvor.

Mommy drückt mich fest an sich. Dann verlässt sie mein Zimmer und schließt die Türe hinter sich. Sie hält mich noch fester, als sie die Treppen nach unten geht und im Wohnzimmer kurz stehenbleibt.

Als sie mich von ihrer Schulter löst und sanft im Arm hält, sehe ich Daddy. Er steht mit einem seltsamen schwarzen Stock in der Hand vor uns und blickt mir genau ins Gesicht.

»Da bist du ja«, sage ich. »Mommy hat dich schon gesucht.«

Ein Lächeln auf seinem Gesicht. Dann kommt er endlich näher und streicht mit seiner großen Hand über meine Stirn. »Sieht so aus, als ob ihr mich gefunden habt, was Kumpel?«

Ich nicke. Dann schaut er zu Mommy. »Bist du so weit?«, fragt er, plötzlich ernst.

»Ja«, höre ich Mommy sagen.

Bereit für was?, frage ich mich.

Draußen knallt es schon wieder. Ich will durch eines der Fenster nach draußen sehen, aber es ist viel zu dunkel, um etwas zu erkennen.

»Dann los«, antwortet Daddy und geht voran. Mommy folgt ihm mit mir auf dem Arm. Ich würde am liebsten selbst laufen, aber es ist viel zu gemütlich auf Mommys Arm.

Daddy öffnet die Terrassentür und zeigt mit seiner Hand ins Freie. Ich kann nichts erkennen außer dem dunklen Blau der Nacht und den schwarzen Schatten des Baums und der Schaukel im Garten.

Mommy geht weiter, an Daddy vorüber, und drückt mich wieder fester an sich. Ein kalter Windzug streift uns.

Etwas kribbelt auf meinen Unterarmen.

Daddy holt uns ein, nachdem er die Tür hinter sich zugezogen hat. Er holt einen Beutel hinter seinem Rücken hervor.

Dieses Knallen.

Mommy und Daddy gehen in Deckung. Ich vergrabe mich in ihrer Schulter. Doch plötzlich dringt ein Laut aus meinem Mund. Ich glaube, ich weine.

»Pst, mein Schatz. Es wird alles gut.«

Woher weiß sie das? Diese Maschine am Himmel, die Lichter auf den Boden wirft, fliegt höher und höher.

Daddy rennt voran, Mommy hinterher. Durch viele Straßen, die ich zuvor noch nie gesehen habe. Irgendwann halten wir an.

Am Ende der Straße kann ich die Umrisse einer Person erkennen, einen grünen Umhang. Wie ein Superheld.

Daddy wird langsamer. Als wir näher kommen, umarmt die Person erst Daddy und dann Mommy. Dann beugt sie sich herunter, sodass sie mir ins Gesicht sehen kann. Einer ihrer Finger berührt meine Wange.

»Wie geht es dir, Kleiner?«, fragt sie und lächelt.

»Gut«, antworte ich kleinlaut.

Dad atmet ein und aus. Dann sagt er: »Ich glaube wir sind in –«

»Keine Bewegung!«, schreit ein Mann hinter uns. Ein seltsames Klicken ertönt.

Mommy und Daddy drehen sich um. Ihre Hand auf meinem Rücken.

Und plötzlich hebt Daddy den Stock in die Höhe und richtet ihn auf den Mann, der den gleichen Stock in der Hand hat. Ein merkwürdiges Knallen ertönt und ich halte mir die Ohren zu. Der Stock raucht an seiner Spitze. Der Mann fällt um.

Auf einmal werde ich weitergereicht. »Nimm ihn bitte, Mailia.«

Die Frau legt ihre Hände um mich.

Ich will zurück zu Mommy.

»Natürlich, Schwesterherz.«

»Danke, dass –«

Wieder dieses Knallen.

Mommy und Daddy schauen ganz verwundert aus, als sie plötzlich beide auf die Knie gehen und auf den Boden fallen. Hinter ihnen stehen wieder diese Männer mit den Stöcken in der Hand.

Ein Schreien aus meinem Mund. Etwas in meinem Bauch schmerzt.

Die Frau zieht scharf die Luft ein. Ich bilde mir ein, sie weinen zu hören. Das Weinen ist ansteckend. Ein Schluchzen aus meinem Hals. Die warmen Tränen auf meiner Haut brennen.

Und plötzlich rennt sie. Mit mir auf dem Arm.

»Stehenbleiben!«, höre ich einen der Männer schreien.

Aber die Frau hört nicht.

Warum hört sie nicht auf diese Männer?

Die Maschine am Himmel wirft weiter Licht auf den Boden. Wie die Sonne.

»Es wird alles gut, Kiran. Ich verspreche es dir«, sagt die Frau und rennt weiter.

Die Frau. Wie hieß sie nochmal?

Ich glaube, Mommy hat sie Mailia genannt.

Ja, Mailia.

KAPITEL 2

MEIN HALS KRATZT, als ich einatme. Und dann steht er in Flammen – als ich ausatme. Ich schlucke und muss mich beinahe übergeben.

Früher hat mich Mom oft gemahnt, ich solle sie nicht so anschreien, wenn ich wütend bin, da sie keine Lust habe, sich einen Tinnitus einzufangen. Und als ich sie gefragt habe, was ein *Tinnitus* ist, hat sie es mir zwar erklärt, aber ich konnte mir bis heute nicht vorstellen, wie sich so etwas anfühlen muss.

Jetzt weiß ich es.

Dieses zähe Piepen in meinen Ohren. Es brandet am Ufer meiner Gedanken und verabschiedet sich Sekunde später mit dumpfem Nachhall. Wenn ich meine, dass ich endlich wieder normal hören kann, oder keinen Gedanken mehr daran verschwende, schlägt es mit doppelter Intensität zurück.

Wie ein Orkan.

Wenn ich mich in Sicherheit wissen will, im Auge des Sturms, verschiebt sich der friedliche Pol und lässt mich stolpernd und mich überschlagend zurück. Immer und immer wieder. Bis ich letztlich den Widerstand aufgebe und versuche, meinen gedanklichen Fokus auf etwas anderes zu richten.

Aber auf was?

Ich traue mich nicht, meine Augen zu öffnen.

Jedes Mal, wenn ich kurz davor bin, einen Blick auf meine Umgebung zu werfen, verkrampft mein Herz und erinnert mich an all das, was ich am liebsten verdrängen würde.

Ich weiß ehrlich gesagt nicht, was mit mir los ist. Früher war ich anders. Ganz anders.

Das, was sich damals um mich herum abgespielt hat, war für mich von so großer
Bedeutung wie ein Schrei im Weltall. Ereignisse haben sich um mich wie um ein
Sonnensystem gedreht – gleichmäßig und
ohne jeden Hintergedanken betreffend die
Auswirkungen. In beständiger Drehung, ohne
je nachzufragen.

Das war mein Leben.

Und jetzt ... ein Anflug von aufkeimenden Bil-
dern vor meinem inneren Auge genügt, um
mich aus der Fassung zu bringen. Ein einziger
Schuss ist alles, was es braucht, sodass ich ein
erstickendes Seufzen unterdrücken muss.

Jessica würde sagen, ich sei weich geworden.
Mom würde mir raten, mich zu beruhigen und
auf mein Bauchgefühl zu hören. Dad würde
nichts sagen und mich mein Leben selbst leben
lassen. Und Kiran würde –

Da ist er wieder. Dieser Stich inmitten meines
Herzens.

Ich

Ich

Ich kann nicht...

Ich stehe am Rande einer Klippe und wanke zwischen Schreien und Ersticken. Tosende, fauchende Winde reißen an mir wie an einer Blume. Unter mir das stürmische Meer und zu meiner Rechten eine graue Wiese, von der pechschwarze Ruß- und Aschepartikel aufsteigen.

Ein weiterer Windstoß.

Ich kann nicht mehr. Dieser Schuss in meinen Ohren. Sein Gesicht, als er zu Boden geht und nichts als Leere hinterlässt. Dann der Schrei aus meinem Mund.

Der nächste Windstoß.

Ich falle und beobachte die schroffe Klippe, Geröll und schwarzes Gestein dabei, wie sie an mir vorbeirasen. Wie *ich* an ihnen vorbeirase.

Das dunkle Wasser und die brausenden Wellen empfangen mich, und ich nehme ein letztes Mal den feurigen Schrei aus meinem Rachen wahr, bevor meine Welt in Schwarz und Weiß untergegangen ist.

Genauso wie jetzt.

Das Wasser umschließt mich. Es brüllt mich an und umgibt meine Ohren mit jenen schrillen Tönen, die meine Mom Tinnitus nannte. Dann durchbreche ich die nasse Decke und gleite zum Boden hinunter. Plötzlich ist alles ganz still. Nur die hohen Töne hämmern gegen mein Trommelfell.

Brechende Wellen und Schattenwürfe formen ein Bild vor meinen Augen. Ein längliches Objekt. Dann eine Hand, die das Objekt umschließt.

Die Hand richtet den Schatten auf mich.

Dann der Schuss.

Ich reiße meine Augenlider auf und fahre blitzschnell hoch. Der Schuss jagt noch immer nach in meinen Gedanken. Wie ein Geist, der mich heimsucht.

Alles dreht sich. Scharfe Kanten von Gegenständen verschwimmen vor meinen Augen, als wollten sie nicht entdeckt werden. Grelles Licht durchflutet den Raum und zwingt mich dazu, meine Augen zu Schlitzen zusammenzukneifen. Einzelne Lichtreflexe tauchen auf und verschwinden wieder.

Ich schließe die Augen und lasse mich wieder zurückfallen. Kein tobender Sturm, keine brausenden Wellen sind da, sondern ein sanftes

Kissen, das meinen Kopf wie ein Schutzschild umschließt.

Mein Atem geht stoßweise und unkontrolliert. Als wäre ich gerade einen Marathon gelaufen. Was an sich nichts Schlechtes wäre. Doch meine Lungen fühlen sich dabei so schwer an – ich atme ruckartig ein und kann beinahe nach der Nässe greifen, die das dunkle Meer auf meiner Haut hinterlassen hat.

Vermutlich ist es Schweiß. Ich gehe zumindest fest davon aus.

Ein einzelner Tropfen rinnt die Kontur meiner Nase entlang, ehe er sich dazu entscheidet, sich in meinen Wimpern zu verfangen, und mich dazu zwingt zu blinzeln.

Ich lege eine Hand auf meine Stirn und bin überrascht, als ich auf kalten Schweiß treffe. Ich war fest davon überzeugt, meine Stirn müsste schier brennen vor Hitze – doch als ich einen sanften Luftzug wahrnehme und unmittelbar an den tosenden Sturm denken muss, richte ich meinen Kopf auf und entdecke eine Art Düse in der Wand, durch die die Luft strömt.

Still und heimlich.

Als würde man wollen, dass ich von Albträumen verfolgt werde.

Ich starre hinauf zur weiß schimmernden Decke. Und rüber zu den abgerundeten, sterilen Kommoden, die sich wie im Halbkreis um das Bett, in dem ich liege, gruppieren.

Meine Lippe bebt und ich schließe meine Augen, bevor ich die Fassung verliere.

Seine ausdruckslose Miene. Jener Riss tief in meinem Herzen. Sein fallender Körper, der mit der Schwerkraft ringt. Und dann durchströmt mich auf einmal dieses ausfüllende Gefühl von Glück und Wärme, als sich das Bild unseres Kusses in meine Gedanken zwängt und die Trauer zurückdrängt wie das Licht die Schatten.

Ich öffne wieder die Augen und kann nicht anders, als die Luft anzuhalten. Vor mir eine Art Balken, der immer länger zu werden scheint. Darüber steht in quadratischer Computerschrift: *Patient ruhigstellen mittels guter Erinnerungen.*

Ich blicke nach links und nach rechts. Plötzlich ist mir kalt. Ich atme aus und sehe den nebelartigen Wölkchen aus meinem Mund dabei zu, wie sie sich an etwas vor mir heften und es beschlagen lassen.

Eine Scheibe. Vielleicht eine halbe Einheit von meinem Gesicht entfernt.

Die beschlagene Scheibe dämpft die Anzeige. Das grelle Leuchten, das von ihr ausgeht, verschwimmt und wirkt wie ausgeblichen.

Eine Kerbe zwischen meinen Augenbrauen entsteht, weil ich nicht weiß, was ich empfinden soll. Sämtliche Emotionen brodeln in gefährlicher Kombination unter meiner Haut und treiben mich letztlich dazu, mich zitternd aufzurichten und einen Finger nach der beschlagenen Scheibe auszustrecken.

Ich tippe den Balken ganz vorsichtig an. Mit einem Mal verschwindet er und ein leises Zischen ertönt.

Die gebeugte Glasscheibe fährt ein und eröffnet mir den Raum.

Als würde man den Deckel eines Sargs anheben.

Die einst milchigen Kanten der Möbel stechen nun gefährlich weiß hervor. Die Lichtreflexe wurden vom Zischen und Verschwinden der

Glasscheibe mitgenommen. Selbst der sanfte Wind hat nachgelassen. Alles, was an den unruhigen Schlaf und die zahlreichen Albträume erinnert, sind das feuchte, weiße Shirt, das wie eine zweite Haut an mir haftet, und die Bilder in meinem Kopf.

Menschen erzählen immer wieder davon, dass sie ihre eigenen Träume unmittelbar nach dem Aufwachen vergessen haben. Auch ich wusste früher am nächsten Morgen teilweise nicht mehr, was ich in der vergangenen Nacht geträumt hatte. Aber in letzter Zeit sehe ich selbst zwei oder drei Tage nach einer unruhigen Nacht die Welt meiner Traumgedanken so deutlich vor mir, als würde ich sie ein weiteres Mal durchschreiten.

Jedes Mal sein Gesicht.

Jedes Mal diesen leeren Ausdruck.

Dann das Lächeln, das mir sagt, dass alles gut werden wird.

Ich will nicht daran denken. Und ich weiß, dass ich es mir selbst nicht gerade leichter mache, wenn ich immer wieder daran denke, nicht daran zu denken. Somit denke ich automatisch immer wieder an ihn. Oder?

Kiran ist tot.

Tot.

So tot man eben sein kann.

Ich balle meine Hände zu Fäusten und grabe die Fingernägel in meine Handflächen, bis es schmerzt, um mich vom geistigen Schmerz abzulenken. Ich knirsche mit den Zähnen und versuche mich abzulenken, mustere den Raum.

Über mir ein grelles, quadratisches Licht, das den Raum wie die Sonne selbst zum Strahlen bringt. Rechts von mir ein weiteres, schwarzes Rechteck, welches beinahe die gesamte Wandbreite in Beschlag nimmt. Daneben ein stählerner Knopf. Links von mir befindet sich eine Kommode samt Wandschrank und Spiegel.

Ich weiß nicht, wo ich bin.

Ich weiß nicht, wer mich hierhergebracht hat.

Das heißt ... ich weiß nicht, wie ich hierhergekommen bin.

Nach dem Überfall, den Schüssen ... als hätte man mir einen Teil meiner Erinnerungen herausgeschnitten. Im einen Moment noch ging ich die Gänge der Basis der Sparks entlang und wünschte ... Kiran einen schönen Tag, und im nächsten Moment wache ich in einem sterilen Bett auf, das anscheinend von einer eigenartigen Glaskuppel umschlossen ist.

Ich bete und hoffe, dass sie mich nicht gefunden haben. Dass ich zwischen Schutt und Asche verlorengegangen und liegengeblieben bin. Dass mich einer der flüchtigen Sparks aufgelesen und mit sich genommen hat. Und dass dieses Zimmer einem der Sparks gehört.

Aber was hat Beten und Hoffen für einen Zweck, wenn selbst der Verstand samt Bauchgefühl von etwas anderem überzeugt sind? Von etwas Größerem, Mächtigerem.

Als ich mit meinen nackten Füßen auf dem kalten Boden des Zimmers auftrete und mich auf den Weg zu diesem seltsamen Knopf mache, ahne ich bereits, wo ich bin.

Ohne zu zittern betätige ich den Knopf, trete einen oder zwei Schritte zurück und beobachten das schwarze Rechteck, wie es langsam verblasst. Was zurückbleibt, ist die Aussicht auf zahlreiche Hochhäuser, schwebende Hoover-Bahnen und die helle Sonne, die mir entgegenstrahlt, als wäre es ein schöner Tag.

Ich war bisher nur ein einziges Mal hier. Nur ein einziges Mal. Damals, als Emilian gestorben war und wir den Chip für den staatlichen Zuschuss abholten.

Und jetzt, als ich zu der kreisrunden Kuppel und dem gigantischen Gebäude gegenüber blicke, empfinde ich nichts als Hass und Abneigung.

Wut schlängelt sich wie Säure durch meine Adern, vermischt mit Angst und Panik.

Ich habe gehofft und gebetet. Aber jetzt weiß ich, dass selbst die gewagteste Flucht und ein vermeintlicher Sieg immer wieder in die Hände des Systems führen müssen. Beuge dich dem System oder es beugt *dich*.

Ich hatte so sehr gehofft, dass das alles nur einer meiner Albträume wäre. Aber jetzt weiß ich es besser: Kiran ist tot. Ich wurde entführt.

Die Kuppel des Regierungsgebäudes lacht mir siegessicher entgegen. Ich schlucke und lasse meinen Kopf langsam sinken.

Willkommen im Mid-Sektor.

Willkommen im Kern des Systems.

Willkommen im goldenen Käfig.

KAPITEL 3
DAMALS

KIRAN

DAS LAUTE GERÄUSCH der Maschinen und die rhythmischen Bewegungen des Bohrers bringen den Boden zum Beben.

Ganz langsam, Stück für Stück fährt das Gerät in den Berg hinein und wieder heraus. Das Triebwerk am hinteren Ende der Maschine glüht so rot wie die untergehende Sonne an schönen Sommertagen. Der perfekte Kontrast zum jetzigen Wetter.

Der prasselnde Regen läuft an meinem Körper herunter und verlässt ihn wieder an meinen Fingerspitzen oder an den Schuhsohlen. Wie Bindfäden bildet das kalte Wasser einen Sichtschutz und verhindert den Blick in die Ferne.

Meine Tante schart ihre Gefolgsleute um sich und besteigt einen kleinen Hügel, sodass sie einen Überblick über ihre Gefolgschaft erhält. Währenddessen führen die Bohrer ihre Arbeit unvermindert aus und legen das Fundament für die neugewonnene Basis.

Kleinere Gruppen versammeln sich um den Hügel und bereiten sich auf eine große Ansprache vor. Vielleicht sind es 200 Menschen, vielleicht ein paar mehr oder weniger.

Der Himmel spuckt Blitze und brüllt der Welt entgegen. Wie ein wildgewordenes Tier, das den Kampf gegen die Natur aufnimmt. Oder zumindest mit dem, was zwischen den immer größer werdenden Gebieten New Ainés noch übriggeblieben ist. Neben den grauen Flächen, den Hochhäusern und den Mauern, die ständig und beinahe täglich weiter ausgedehnt werden. Sie sind irgendwie faszinierend, diese beweglichen Mauern.

Mailia erhebt sich. Felsenfest und dem Wetter trotzend, sodass man meinen könnte, sie wäre ein vom Himmel gesandter Erlöser. Der Regen rinnt an ihr herab wie an Marmor, abweisend und ohne festen Halt.

Sie setzt einen Fuß vor den anderen und drückt den Rücken durch, sodass ihre Schultern eine Art Schild ergeben. Dann öffnet sie ihren Mund – bereit, über den tosenden Lärm des Regens und der Maschinen hinwegzurufen.

»Freunde«, beginnt sie und richtet ihre Augen auf die versammelten Scharen von Menschen, als suche sie nach einer bestimmten Person. Dann richtet sich ihr Blick plötzlich auf mich. »Familie.«

Ein Donnergrollen jagt durch die Nacht. Das rote Glühen der Motoren ist die einzige Lichtquelle, die der Landschaft ein wenig Leben einhaucht.

»Wir haben es so weit gebracht. Aus unserer alten Siedlung verdrängt, zahlreiche Opfer mussten wir hinter uns lassen ... und doch stehen wir noch immer aufrecht, sind wie ein Feuer in der dunkelsten Stunde!«

Ein Raunen geht durch die Menge, ihre Köpfe nicken und ihre Körper richten sich zu voller Größe auf. Die gekrümmten Rücken werden durchgedrückt und die verschatteten Gesichter beginnen von Zeit zu Zeit zu leuchten.

»Das System hat uns alles genommen. Unsere Heimat, unsere Freiheit – unser *Leben*.« Zurufe und Bestätigungen sind das Echo ihrer Worte.

»Falls sie den Sparks auch noch mich nehmen sollten ...« Ihr Blick huscht durch die Massen und bleibt an mir hängen. Ihre Augen, ihre Gestik – sie ziehen mich in ihren Bann und rufen mich zu ihr. Ein Nicken ihres Kopfes ist wie der Blitz nach dem Donner.

Also zwänge ich mich durch die Menge der Menschen und drücke mich durch die eng beieinander stehenden Körper hindurch.

Ein Fuß nach dem anderen. Dann Mailias Hand, nach der ich greife. Und schon stehe ich neben ihr, im Schatten meiner Tante, der Anführerin, und blicke in Gesichter, in denen die unterschiedlichsten Gefühlsregungen zum Ausdruck kommen.

»Falls New Ainé den Sparks auch noch *mich* wegnehmen sollte«, wiederholt sie und legt einen Arm auf meine Schultern, »ist mein Neffe Kiran der neue Anführer der Sparks.«

Etwas in mir macht einen Satz, dreht sich im Kreis und fällt zu Boden. Wie eine Münze, die sich drehend erhebt und im Licht der Sonne glänzt, dann aber realisiert, dass sie der Schwerkraft ohnehin nicht trotzen kann und rückwärts zu Boden fällt.

Ich weiß, was Mailia soeben gesagt hat. Ich weiß allerdings nicht, ob ich ihr folgen kann.

Dennoch geht ein zustimmendes Nicken durch die Menge und nimmt die Menschen ein. Hier und da nehme ich ein aufmunterndes Zwinkern oder ein Lächeln wahr.

Der kleine Junge, der einmal der neue Anführer der Sparks sein wird.

Mailia wird nicht sterben. Sie wird nicht entführt werden. Sie ist die tapferste und mutigste Frau die ich kenne – gleich nach Mom.

Ich hingegen bin ein zehnjähriger Junge, der nur hofft, die ziegelrote Sonne nach dem wütenden Sturm endlich wieder sehen zu können.

KAPITEL 4

SKYE

AM HORIZONT ZIEHEN Wolken auf. Wie eine Armee, die bedrohlich immer näher rückt.

Ich stehe wie angewurzelt da und schaffe es nicht, auch nur einen Fuß zu rühren und mich vom Fenster wegzubewegen. Ich will mich nicht umdrehen, um verwirrt in dieser Zelle auf und ab zu gehen, sondern versuchen zu verstehen, weshalb ich hier bin.

Das heißt: Vermutlich bin ich hier, weil sie mich gefunden haben. Weil sie mich gefunden haben und mich nun für meinen *Verrat* am System bestrafen wollen.

Die Wolken verdichten sich und ummanteln das Zentrum der Sonne. In diesem Licht wirkt die Kuppel des Regierungsgebäudes noch bedrohlicher als sonst. Die glatten, glänzenden Oberflächen der Säulen und das abgerundete Dach, das im Licht der wolkenverhangenen Sonne leicht gelblich glänzt. Die Strahlen der Sonne werden von der metallischen Oberfläche zurückgeworfen.

Ein Spiel aus Licht und Schatten. Einzelne Lichtpunkte, die auf der Scheibe meiner Zelle auf und ab tanzen zur Bewegung der Wolken.

Im selben Moment ertönt ein sachtes Piepen jenseits dieses Raumes. Wie ein Aufruf, dem Geräusch Aufmerksamkeit zu schenken.

Und es funktioniert.

Ich wende mich von der Scheibe fort und blicke in die Richtung, aus der das Geräusch stammt. Zum ersten Mal, seitdem ich aufgewacht bin, nehme ich die stählerne Tür wahr, die mein Zimmer von etwas anderem – vermutlich etwas Größerem – abtrennt.

Mir ist kalt. Ich umfasse meinen Oberkörper und gebe mich stocksteif dem Geräusch hin. Je länger ich benötige, um an das andere Ende des Raumes zu gelangen, desto lauter und intensiver wird das Piepen. Es ist wie eine Forderung, der ich nachzugeben habe.

Neben der Tür ist in der Wand ein Knopf eingelassen. Ich denke mir nichts dabei und drücke ihn durch. Ich bin in der Höhle des Löwen. Ich kann ohnehin nichts anderes machen als das, was von mir verlangt wird.

Einen kleinen, kaum spürbaren Stich spüre ich in mir. Als hätte ich mich mit diesem Gedanken selbst verraten. Als hätte mir mein Gewissen einen Schlag ins Gesicht mitgegeben.

Die stählerne Tür fährt zischend in die Wand und gibt die Sicht auf einen weiteren Raum frei. Auf einen weitaus geräumigeren und offeneren Raum als das Zimmer, in dem ich aufgewacht bin.

Eigenartige gebogene Säulen stützen den Raum hier und da, verbinden sich zu halbrunden Ablageflächen und bilden Raumabtrennungen. Inmitten des Raumes steht ein Sofa, von dem aus man auf den Sol-

Fernseher blicken kann, der in unmittelbarer Reichweite steht. Die Wände sind von Fenstern durchzogen. An einigen Stellen gibt sich die weiße Wand zu erkennen, doch durch die vielen, langgestreckten Fenster ergibt sich eine größtenteils freie Sicht auf den Mid-Sektor von New Ainé.

Das Piepen durchbricht meinen Gedankengang wie ein knackendes Stück Holz im Wald. Ich drehe mich wie automatisch in die Richtung, aus der das Geräusch kommt, und entdecke einen Apparat, der zylinderförmig aus dem Boden ragt und an dessen abgerundeter Spitze eine Art Kristall eingelassen ist. Der Kristall flimmert im Rhythmus des Geräusches leicht auf. Immer und immer wieder. So lange, bis ich mich dem Willen des Piepens beuge und mich auf den Weg zu dem Apparat mache.

Als ich kurz davor bin, den Kristall zu berühren und so dem Piepen ein Ende zu bereiten, durchströmt mich eine Erinnerung, die mich kurz innehalten lässt. Wie ein auf dem Boden aufkommendes Glas hallt die Erinnerung in meinen Gedanken nach.

Das Badezimmer, in dem ich meine Haare kämme. Das Sol-Tablet, das auf der Kommode am anderen Ende des Zimmers ruht. Und dann das Piepen, das den Eingang einer Nachricht auf meinem Tablet verkündet am Tag meines siebzehnten Geburtstags.

Es ist genau dasselbe Piepen.

Beinahe ein halbes Jahr liegt es zurück.

Ich spüre die Gänsehaut, die sich meinen Rücken entlangbahnt und kriechend meinen Hinterkopf erreicht.

Ich atme tief ein und wieder aus und berühre leicht mit Daumen und Zeigefinger den aufleuchtenden Kristall. Dann trete ich zurück.

Blaue und weiße Strahlen schießen bis zur Decke und erhellen den Raum mit künstlich erzeugtem Licht. Inmitten der Strahlen formt sich ein dreidimensionales Bild aus Formen und Linien, bis schließlich das Gesicht eines Mannes zu erkennen ist, der mich mit überheblicher Miene lächelnd begrüßt.

»Guten Tag, Ms. Ignis«, sagt er, und sofort nistet sich seine Stimme wie Feuer unter meiner Haut ein. Instinktiv taumle ich ein paar Schritte nach hinten.

Statt zu antworten, schlucke ich den Kloß in meinem Hals hinunter, spüre die Wut meinen Rachen entlangfließen: »Präsident Sage.«

Als er seinen Namen wahrnimmt, zucken seine Mundwinkel leicht empor. »Es freut mich, dass Sie wohlauf zu sein scheinen und dass wir Sie wieder bei uns begrüßen dürfen.« Das Grinsen scheint in seinem Gesicht festgefroren zu sein.

Wie gut, dass ich weiß, dass er lügt.

»Mir würde es um einiges besser gehen, wenn Sie mir sagen würden, was Sie mit mir vorhaben«, antworte ich und versuche, die Angst hinter meinen Worten zu verstecken. Mein Körper steht in Flammen, einzelne Schweißperlen rinnen meinen Rücken entlang und sammeln sich auf Höhe meines Beckens.

Ich kann ihm nicht in die Augen sehen. Ich kann nicht.

Alles, was ich darin vorfinden würde, wären die Erinnerungen an die Hinrichtung, an das Militär, an den großen Platz. An Mom. An ... Kiran.

Ich kann nicht.

»Wir haben gar nichts mit Ihnen vor, Ms. Ignis«, beteuert er, während die
dreidimensionale Projektion kurzzeitig flackert und seine Stimme einen mechanischen
Klang annimmt. »Nichts, was nicht im Sinne
des Systems ist.«

Meine Nasenlöcher blähen sich auf. Die Angst
in meinen Knochen weicht einem winzigen
Funken, der, mit jedem weiteren Wort aus seinem Mund, an Größe gewinnt.

»Und das bedeutet?«, frage ich monoton. Es
ist besser, gleichgültig zu antworten, als all die
Emotionen preiszugeben, die mich noch auf
den Beinen halten.

Sage holt Luft und legt seine Stirn in Falten –
als wäre meine Frage genauso überflüssig und
zeitraubend wie dieses Gespräch überhaupt.
»Wir haben Sie gerettet, Ms. Ignis.«

»Gerettet?«, frage ich zurück und bemerke
sogleich den ironischen Beiklang, der meinem
Mund entflieht.

»Ja«, bestätigt er und nickt leicht. »Vor dem
Feind.«

Keine Sekunde vergeht, bis ich antworte und
nur spöttisch den Kopf schüttle. »Vor dem

Feind.« Ich grabe meine Fingernägel tiefer und tiefer in die Handflächen. Meine Arme vibrieren bei den kleinsten Bewegungen.

»Ich kann mir vorstellen, dass ihre Gedanken ganz schön *verdreht* sein müssen.«

Ich öffne meinen Mund, um ihm all das zu sagen, was in meinem Kopf vor sich geht. All das, was mich in den letzten Wochen umgetrieben hat. Der Tod meiner Mom. Die Sparks.

Kiran.

Aber dann ...

Schließe ich meinen Mund wieder, als mich mein Verstand und mein Gewissen wie zwei Bodyguards zurückhalten und daran hindern, etwas Dummes und Leichtsinniges von mir zu geben.

Sage ist der Präsident. Mein Verderben.

»Aber alles zu seiner Zeit, Ms. Ignis«, beteuert er. Wäre er nun bei mir, würde er gewiss seine Hand auf meine Schulter legen und wie ein herablassender Vater seiner leichtgläubigen Tochter gegenübertreten. »Uns ist wichtig, dass Sie wohlauf sind und weiterhin mit uns an einem Strang ziehen können.«

»An einem Strang?«, wiederhole ich, weil ich es nicht fassen kann, was er von mir verlangt. Und dann schießt es doch aus mir heraus wie aus einer Pistole: »Wieso jagen Sie die Outlaws? Wieso haben Sie uns angegriffen? Wieso haben Sie –« Plötzlich halte ich inne. Will mir am liebsten auf die Zunge beißen. Er muss nicht wissen, wie wichtig Kiran mir war. Er muss nicht eine weitere meiner Schwachstellen kennen. Also denke ich den Satz in meinen Gedanken zu Ende, ohne ihn daran teilhaben zu lassen.

Wicso haben Sie Kiran getötet?

»Wieso veranlassen Sie all diese schlimmen Dinge?«

Ein Husten aus seinem Mund. Die Augen des Präsidenten brennen sich in meine Netzhaut und versuchen mich zu durchleuchten wie Röntgenstrahlen.

Ich stelle mir seinen langgezogenen und spitzen Körper vor. Wie er unten, im Schutz der Säulen und der Kuppel, auf seinem Thron sitzt, wo ihm einer seiner Diener den seltsamen Projektor vor die Füße gestellt hat, damit der

Präsident höchstpersönlich mit seiner Gefangenen sprechen kann.

»All diese schlimmen Dinge?«, wiederholt er raunend und beinahe väterlich. Dies ist eine seiner Facetten, die wie tosendes Wasser an meinen Klippen abprallen. »Ich muss gestehen, ich fühle mich ein wenig in meiner Würde angegriffen, meine Teuerste. Sie müssen wissen, dass alles, was wir machen und *veranlassen* – wie Sie das so schön gesagt haben –, einen Grund hat.«

Ich antworte nicht. Ich presse meine Lippen aufeinander und schlucke die Säure, die er mir tröpfchenweise einflößt.

»Und möglicherweise«, fährt er unbeirrt fort, »werden Sie unsere Taten und Vorgehensweisen nie nachvollziehen können. Aber ... wie ich bereits sagte: Alles zu seiner Zeit.«

Ich schüttle mit dem Kopf, drehe der Projektion ein wenig den Rücken zu und blicke aus den Fenstern meines Apartments. Meines Gefängnisses.

»Wichtig ist jetzt nur«, sagt er, als würde ich immer noch vor ihm stehen, vor seiner Projektion, »dass wir alle an einem Strang ziehen und die Dunkelheit dem Licht aussetzen.«

Mein Kopf fährt blitzschnell herum. Mein Blick durchbohrt das Licht und dringt bis zum Grund seiner Augen durch. »Ohne mich.«

Und so schnell der ganze Mut in mir aufgebrandet ist, verlässt er mich auch wieder.

»Hm«, gibt er raunend von sich und kratzt sich am Kinn. »Das dachte ich mir bereits.«

Stille. Mein Körper rührt sich nicht. Verharrt an Ort und Stelle. Stocksteif und kerzengerade.

»Faszinierend, was ein paar Wochen zusammen mit den Outlaws in den Köpfen verändern können. Wie Gedanken und Denkweisen manipuliert werden können.«

»Manipuliert?«, wiederhole ich und spucke ihm das Wort förmlich entgegen.

»Ich bin mir sicher, dass Sie und ich früher oder später für dieselbe Sache einstehen werden, meine teure Ms. Ignis.«

Mein Bein steht in Flammen. Zumindest der Teil, der von der Narbe gezeichnet ist.

Für einen kurzen Moment blicke ich an meinem Körper hinab, gebe aber dem Verlangen nicht nach, mich zu kratzen. Stattdessen fällt mein Blick auf meinen linken Unterarm. Erinnerungen an jenen siebzehnten Geburtstag keimen in mir auf.

Dann sage ich: »Und wie wollen Sie das bitte anstellen? Mir etwas in meinen Arm injizieren?«

Seine Mundwinkel zucken. Er bricht den Augenkontakt ab und blickt zu Boden. Nur für einen kurzen Moment. »Sie glauben, ich sei der Böse, nicht wahr?«

»Nein«, antworte ich und schüttle energisch den Kopf, sodass mir meine eigenen Haare die Sicht auf das Hologramm verschleiern. »Ich glaube es nicht. – Ich *weiß* es.«

Sage atmet tief ein. Beim Ausatmen zieht er die Augenbrauen hoch, sodass seine Stirn in Falten steht. »Man kann den Glauben der Menschen erst bekehren, wenn man ein Gegenbeispiel darbietet. Aber –« Sein Kopf schnellt in eine andere Richtung, ehe er weiterspricht und sich wieder mir zuwendet. »Dafür reicht mir heute leider die Zeit nicht aus. Um ihre Meinung vielleicht dennoch zu ändern und damit wir letztlich doch *zusammenarbeiten* können, Ms. Ignis – hier ein kleiner Vorgeschmack auf das, was Sie erwartet, wenn Sie tun, was ich vorerst von Ihnen erwarte.«

Und noch bevor ich über seine Worte nachdenken kann, verschwindet das Gesicht des Präsidenten und macht einem bewohnten Raum samt Sofa und Sol-Fernseher Platz. Eine Frau sitzt auf dem Sofa und scrollt auf dem Sol-Tablet in ihren Händen auf und ab. Dass sie beobachtet wird, scheint sie nicht zu interessieren.

Ich trete näher. Und kann dem, was ich sehe, nicht glauben. Ich versuche mir einzureden, dass Sage mit meinen Gedanken spielt. Dass er versucht, mich zu manipulieren. Aber das, was ich sehe – es wirkt so echt, so real. Als hätte es das letzte halbe Jahr nie gegeben. Ihre lockigwelligen Haare. Dasselbe blasse Gesicht, die feinen Augenbrauen. Ihr zierlicher Körper.

»Mom«, kriecht es atemlos aus meinem Mund. Wie ein Geständnis. Ein Gebet.

Dann falle ich stolpernd zurück und schüttle den Kopf. Meine Sicht verschwimmt – und als ich instinktiv blinzle, bemerke ich die Tränen, die meine Wangen entlanggleiten.

»Das kann nicht sein. Sie ist tot. Cassie hat –«

»Meine Teure«, ertönt seine Stimme – das Bild unseres Wohnzimmers bleibt allerdings. Als wollte er mich mit dem Gedanken an Zuhause quälen.

Wie Recht er doch hat.

»Glauben Sie doch nicht alles, was Ihnen erzählt wird. Alles hat seinen Grund und wiederum seinen Preis. Ich hoffe, ich konnte Sie davon überzeugen, sich für den *richtigen* Weg zu entscheiden.«

Ich schüttle noch immer den Kopf. Gebe dem Kribbeln, das durch meinen Körper jagt, nach und lasse mein schnell pochendes Herz außer Acht. »Aber wie ... Cassie hat doch ... Das kann nicht sein ...«

»Sehen Sie auf die Uhrzeit. Die Aufnahmen werden live übertragen. Ihre Mutter – ganz, wie sie leibt und lebt.«

Meine Augen saugen ihren Körper förmlich ein. Ihre schmalen Finger, die über das Sol-Tablet fliegen. Das dunkle Haar, das wellig auf ihren Schultern verweilt.

Mom.

Meine Mom lebt. Sie lebt.

Eine Knospe inmitten meines Herzens, die zu blühen beginnt.

»Wir sehen uns, Ms. Ignis. Machen Sie es sich gemütlich, bis nach Ihnen geschickt wird.«

»Warten Sie, ich –«

Ich will nach der Projektion greifen. Nach Mom.

Doch bevor meine Hand auch nur einen der Lichtstrahlen auffangen kann, wird das Bild wieder vom Kristall verschluckt und in sich aufgenommen.

Plötzlich ist alles ganz still. Als hätte jemand die Welt auf stumm geschaltet. Mir Watte in die Ohren gestopft und mich mit dem Tinnitus im Ohr zurückgelassen.

Meine Mom lebt. Sie *lebt*.

Ich blicke zu dem blauen Kristall, der das Bild meiner Mom jetzt in sich beherbergt wie ein Sarg.

Und mit einem Mal brennt sich dieser eine Name feuerrot in meine Gedanken und rüttelt und zerrt an mir.

Cassie.

KAPITEL 5

DAMALS

KIRAN

DIE STEINERNEN UND stählernen Säulen stützen den langen Gang, der mich direkt zur großen Tür führt, hinter der Mailia ihre Pläne schmiedet und für das Überleben der Sparks sorgt.

An den Wänden befinden sich Lampen, die wie indirektes Licht in die Wände eingelassen sind und den Gang in hellen, aber zugleich warmen Farben erstrahlen lassen.

Links und rechts gehen jeweils verschiedene Rundbögen und Schiebetüren ab, die in die angrenzenden Räume führen. Aus einem dieser Räume hebt sich Nala ab. Mit gesenktem Blick und vertieft in die Unterlagen, die sie in den Händen hält. Sie scheint nicht auf ihre Umgebung zu achten, als sie ... plötzlich in mich hineinläuft und mit einem stummen Laut aus ihrem Mund zum Stillstand kommt. Als ihr klar wird, dass sie gegen etwas Menschliches gestoßen ist, blickt sie auf und in meine Augen.

»Kiran«, gibt sie von sich und schaut abwechselnd in mein Gesicht und auf ihre Unterlagen. »Ich wusste nicht – ich dachte ... tut mir leid.«

Anstatt zu antworten, schüttle ich den Kopf und grinse. Letztlich fällt mein Blick auf die merkwürdigen Objekte in ihrer Hand, die wie Papier aussehen.

»Was hast du da?«, frage ich interessiert und beuge mich krumm über die Unterlagen, als wollte ich meinen eigenen Oberkörper betrachten.

Bevor sie antwortet, schaut Nala den Gang auf und ab und tritt näher an mich heran. Ihre Augen verengen sich zu schmalen Schlitzen und ihre Finger krallen sich tiefer in das ... Papier.

»Das sind Aufzeichnungen der Generation Z«, wispert sie so tonlos, als würde sie gegen den Wind sprechen.

»Z?«, wiederhole ich.

»Pst!«

Ich presse meine Lippen aufeinander, fahre mit Daumen und Zeigefinger entlang der Linie meines Mundes und mache eine wegwerfende Geste. »Versiegelt und zugeklebt«, versichere ich ihr grinsend.

Sie nickt, während sich ihre Mundwinkel über meine Geste lustig machen.

»Und was hast du damit vor?«, frage ich deutlich leiser.

»Ich muss sie übergeben, das ist alles«, gesteht sie und zuckt mit den Schultern. Als hätte sie selbst keine Ahnung, was es mit jenen Akten auf sich hat. »Admiral Pat will ein Auge darauf werfen und versuchen – ich weiß nicht. Vermutlich will er versuche, aus den Fehlern der Generation Z zu lernen, nehme ich an.«

Ich nicke nachdenklich und gebe der Kerbe nach, die sich zwischen meinen Augenbrauen bildet. »Wo – wo hast du die überhaupt gefunden?«, frage ich neugierig.

»Ich?«, erwidert Nala und deutet mit großen Augen auf sich selbst. Es folgt ein Zischen aus ihrem Mund. »Ich bin lediglich der Bote. Eines unserer Teams hat die Daten bei den Ausgrabungen an der Basis entdeckt.«

Ich nicke. »Verstehe.«

»Hör zu«, sagt sie und tritt von einem Fuß auf den anderen, »ich muss weiter.«

Sie hat einen Auftrag. Wenn sie zu spät kommt, bekommt sie Ärger. »Klar«, antworte ich nickend und gleichermaßen kopfschüttelnd. »Ich wollte dich gar nicht aufhalten«, gestehe ich und kratze mich am Hinterkopf.

Sie lächelt und macht, ohne ein weiteres Wort zu verlieren, einen großen Bogen um mich. Ich sehe ihr nach und mustere ihren hüpfenden Pferdeschwanz, der nach und nach in der Menge der Sparks untergeht.

Vorgestern war mein siebzehnter Geburtstag.

Geburtstag. Eigentlich sollte man sich etwas wünschen. An etwas glauben und hoffen, dass es in Erfüllung geht.

Mailia hat mir erzählt, dass sich Menschen früher zum Geburtstag Geschenke überreicht haben, um Freude zum Ausdruck zu bringen und um zu zelebrieren, dass man ein Jahr älter geworden ist. Aber heute ist das alles ganz anders: Geburtstage bedeuten vielleicht einen netten Spruch auf dem Gang, einen nett gemeinten Hieb gegen die Schulter, »Glückwunsch, Alter!«, und wenn man Glück hat, wird man für ein paar Stunden von seiner Arbeit freigestellt – fast wie ein Geschenk, oder?

Heute Morgen hat mir Mailia allerdings mitgeteilt, dass ich später in ihr Büro kommen solle. Erst dachte ich, ich hätte etwas falsch gemacht – aber als sie dem Gesagten ein Zwinkern hinzufügte, wusste ich plötzlich nicht mehr, was ich davon halten sollte.

Gerade ist Mittagspause. Die Sparks versammeln sich in der Kantine der Basis und essen das, was wir in den eigenen Hallen produzieren. Ich greife mir einen Apfel von einem Tablett und mache mich auf den Weg in das Büro meiner Tante.

Zu dieser Uhrzeit befinden sich die wenigsten Sparks auf den Gängen. Selbst ein Blinder würde das erkennen – spätestens daran, dass jeder Schritt, jeder den Boden berührende Schuh und das dabei entfachte Geräusch von den Wänden der Gänge schallend zurückgeworfen werden. Sonst gehen alle Nebengeräusche in den lauten Wolken der Stimmen unter und werden von Gruppen an Leuten geschluckt.

Noch bevor ich an der Tür klopfe und den Knopf links daneben betätige, um einzutreten, denke ich darüber nach, weshalb mich Mailia zu sich gerufen haben könnte. Ein neuer Auftrag, eine neue Zimmerverteilung, die längst überfällige Besprechung bezüglich der neu dazugewonnenen Getreidefelder oder ...?

Ein kleiner – winzig kleiner – Funke in mir wird entfacht, als ich an damals denke. An Z. An die Menschen vor unserer Zeit. An *Geschenke*.

Und doch erlischt dieser Gedanke wieder, als ich klopfe und den Knopf drücke.

Mailia sitzt auf dem Stuhl vor ihrem stählernen Schreibtisch und durchdringt mit ihren Augen das Hologramm einer sich drehenden

Kugel samt seltsamer Linien, von denen sie durchzogen wird.

Das große Fenster, das eher einer Glasfront ähnelt, ragt majestätisch hinter meiner Tante in die Höhe. Mailia müsste sich nur umdrehen und würde geradewegs auf die Felder mit unseren Lebensmitteln blicken, die beinahe bis ans Ende der großen Höhle reichen, in der die Basis der Sparks errichtet worden ist. Einzelne, reflektierte Sonnenstrahlen dringen durch das Fenster und brechen sich inmitten der Projektion der Kugel.

»Kiran«, sagt sie sanftmütig und verschränkt die Hänge hinter ihrem Rücken. »Setz dich.«

Sobald die Worte ihren Mund verlassen haben, setzt sich mein Körper in Bewegung und lässt sich in den bequemen Sessel ihr gegenüber fallen.

»Was gibt es?«, frage ich und lege meine Arme entspannt auf den Lehnen des Sessels ab.

Mailia versprüht eine ungemein beruhigende Aura, die Feuer und Motivation entfacht, sobald man auch nur ein paar Worte mit ihr wechselt.

Die geborene Anführerin.

Bevor sie antwortet, zieht sie durch einen schmalen Spalt Luft ein. Dann richtet sich ihr fürsorglicher Blick auf mich und versucht meinen Augen abzulesen, was ich denke, was ich fühle.

Vielleicht stößt sie auf die vielen Fragezeichen, die sich in meine Netzhaut brennen.

Dann sagt sie: »Ich habe einen neuen Auftrag für dich, aber dafür musst du unsere Basis verlassen.«

KAPITEL 6

SKYE

FRÜHER HABEN MOM und Dad oft gestritten. Meistens ging es um belanglose Sachen wie »Wo ist meine Unterwäsche schon wieder?« oder »Wer geht heute mit den Kindern in den Park?«. Und mit *gestritten* meine ich, dass Dad laut und inbrünstig seine Meinung allen im Haus mitteilte und Mom seelenruhig versuchte, seinen Worten zu folgen, ohne dabei jemals laut zu werden.

Als Dad fertig war, herrschte diese seltsame Ruhe, die man mit einem Messer hätte durchschneiden können. Fein säuberlich und ohne jegliche Spuren des Attentats. Dann ballte Mom meistens ihre Hände zu Fäusten und holte unüberhörbar tief Luft. Sie sagte stets: »Alles, was ich jetzt sagen würde, wäre beleidigend und inakzeptabel. Wir reden später weiter, okay?« – Dann drehte sie sich um und verschwand im Schlafzimmer.

Auch wenn Mom dachte, dass sie dem Konflikt erfolgreich aus dem Weg gegangen wäre, lag den ganzen Tag über diese gewisse Unruhe in der Luft, weshalb keiner es wagte, auch nur ein Wort von sich zu geben, und jeder vorgab, sich mit anderen Dingen zu beschäftigen, doch aber eigentlich nur darauf wartete, dass endlich Frieden einkehrte.

Also kroch ich zu Mom unter die Decke und fragte sie, weshalb sie nicht einfach schreien und Dad die Meinung sagen könne. Daraufhin umarmte sie mich und drückte mir einen liebevollen Kuss auf die Stirn. Die monotone Miene und das Pokerface verschwanden und hinterließen den typisch sorgenden Eltern-Blick.

Sie sagte, dass sie immer in einer Art Strudel gefangen sei, wenn sie mit Dad streite. Dass sie nicht wisse, ob sie nun wirklich stritten, weil es um ihre Beziehung ginge, oder schlichtweg nur aufgrund der verzehrenden Langeweile, die über New Ainé lag, bis neue Gesetze festgelegt und neue Regeln aufgestellt wurden.

Niemand wusste zu den Zeiten der *Grey Zone*, was als Nächstes kommen würde. Was die Regierung mit den Menschen vorhatte (sollte es überhaupt jemals wieder eine Regierung geben).

Es waren bereits dreißig Jahre vergangen, seitdem der Dritte Weltkrieg die Welt in Schutt und Asche gelegt hatte, und noch immer bestand keine ordnungsgemäße neue Regierung.

Ich weiß noch, dass es eine Art Wahlkampf gab. Einen kurzen, aber schmerzlosen Kampf um die meisten Stimmen, bis die Kontrahentin aus irgendeinem Grund zurücktrat und Sage das Ruder überließ. Ich war damals viel zu klein, um mich daran erinnern zu können, wer sich hinter dem Gesicht der Rivalin verbarg. Niemand hatte je wieder auch nur ein einziges Wort von ihr gehört. Bis heute.

Vielleicht wären die Dinge ganz anders gelaufen, hätte diese namenlose Frau die Macht ergriffen und New Ainé zu anderen Ufern geführt. Vielleicht säße ich dann heute nicht in einem goldenen Käfig fest und würde darauf warten, wie höhere Richter über mein Schicksal entscheiden.

Und genau in diesem Moment, als sich der Gedanke an das von anderen festgelegte Schicksal in meinem Kopf bildet, fällt mir auf, dass ich noch nie darüber nachgedacht habe, was als Nächstes passieren wird.

Ich kann nichts unternehmen.

Ich kann nichts machen, was die Machenschaften des Systems unterbinden würde.

Nichts, was mich wieder zurück zu den Sparks befördern könnte.

»Mom«, entfährt es mir. Widerhallend und leise, wie ein Stoßgebet – dem Boden entgegengerichtet.

Ich schließe meine Augen und rufe mir eine Erinnerung herbei, in der wir eng aneinander gekuschelt in ihrem Bett liegen und sie mir erzählt, wie es ihr dabei ergehe, mit Dad zu streiten.

»Weißt du, Schatz – es fühlt sich jedes Mal so an, als wäre ich in einem Strudel gefangen«, höre ich sie sagen. »Ich weiß auch nicht ... ich bin jedes Mal so sehr hin- und hergerissen, weil ich deinen Dad so sehr liebe. Aber manchmal – ich glaube einfach, dass diese erdrückende Langeweile und diese Stille in New Ainé an uns allen zehrt wie ein Raubtier. Wir kommen mit uns selbst nicht klar und wissen nicht, was wir mit uns anfangen sollen und suchen deshalb ein Ventil. Deshalb flüchte ich jedes Mal, weil ich Angst habe, Dinge zu sagen, die ich vielleicht später bereuen würde.«

Eine Träne rinnt meinen linken Nasenflügel entlang, gefolgt von einer kurzatmigen Welle kalten Schauers über meinen Rücken.

»Ist schon gut, Mommy – ich hab dich lieb«, höre ich mich sagen. Dann der sanfte Kuss ihrer Lippen, der zart seinen Platz auf meiner Stirn findet.

Gibt es ein Wort, das das Gegenteil von Phantomschmerzen beschreibt?

Mom.

Sie lebt.

Ist nicht tot.

Etwas in mir erwacht zum Leben, was seit der Nachricht auf Cassies Tablet wie abgestorben schien. Etwas, das nun nur darauf wartet, wiedergeboren zu werden, das nun wie Nadel und Faden mein Herz Stück für Stück wieder zusammennäht.

Und doch ist da auch noch dieser Strudel inmitten meines Herzens. Mein ganz persönlicher Strudel, der mich hin- und herreißt und mich in eine Abwärtsspirale treibt.

Cassie.

Ich weiß nicht, was vorgefallen sein muss, dass mich meine beste Freundin verraten hat.

Der kaum neugeborene Keim erstickt. Er geht unter und taucht dann wieder auf – wie auf hoher See.

Ich gehe in Windeseile sämtliche Möglichkeiten durch, die Cassie dazu veranlasst haben *könnten*, mir so sehr in den Rücken zu fallen und mir den Tod meiner Mom vorzuspielen.

Ich

Ich

Ich habe keine Ahnung.

So sehr ich auch versuche, daran festzuhalten, dass sie es aus einem Grund getan haben muss – ich weiß nicht, was einen Menschen dazu verleitet, einem anderen solche Schmerzen zuzufügen.

Es sei denn...

Sie wurde dazu gezwungen. Wurde erpresst.

Ganz im Sinne des Systems.

***

Ich starre auf meine miteinander verschränkten Finger, die leblos auf meinen Oberschenkeln liegen.

Das rot-orange Licht der untergehenden Sonne erhellt den Raum und bricht sich an den dicken Glasscheiben des Apartments. Es berührt die linke Hälfte meines Gesichts, durchdringt die obersten Hautschichten und kratzt am kalten Kern meiner Gedanken.

Mein Blick richtet sich auf den hellen steinernen Boden unter mir. Ich starre auf die einzelnen Marmorierungen und verfolge die zarten Linien, die dort kreuz und quer entlanglaufen.

Cassie.

Ich kann an nichts anderes denken als an das, was passiert sein muss – was sie dazu bewegt haben könnte, mir in den Rücken zu fallen.

Aber ich weiß nicht, warum.

Und dieses Wissen, nichts zu wissen, treibt mich in den Wahnsinn. Ich stehe vor einer Mauer – ich kann nicht darüber klettern, nicht darunter hindurchkriechen und nicht ausweichen. Die Mauer stellt sich mir entgegen – und am Ende wartet ein großes Fragezeichen.

Weshalb ich hier bin?

Ob die Sparks noch am Leben sind?

Kiran ...

Meine Mom und –

Cassie.

Ich atme ein. Im selben Moment gehen die Lichter aus – besser gesagt: Die letzten Sonnenstrahlen verschwinden hinter den glänzenden Oberflächen der Hochhäuser, deren Silhouetten den Horizont verdecken.

Und plötzlich ist mir kalt. Seltsam kalt.

Ein hoher vibrierender Ton treibt mich empor und lässt mein Herz schneller schlagen.

Es ist derselbe Ton wie damals an meinem siebzehnten Geburtstag. Derselbe Ton, der Sages Anruf ankündigte.

Ich drehe mich im Kreis und versuche, die Quelle des schrillen Tons ausfindig zu machen und entdecke ein erleuchtetes Sol-Tablet auf einer Arbeitsfläche in der Küchenecke.

Zuerst zögere ich. Spüre den schreienden Erinnerungen nach, die meine Beine umgreifen und mich zurückhalten. Doch dann denke ich daran, dass ich ohnehin in diesem Käfig eingesperrt bin. Eine Nachricht auf einem Sol-Tablet wird daran nichts ändern. Im Gegenteil.

Also setze ich einen Fuß vor den anderen und rede mir selbst ein, mutig zu sein. Mutiger als zuvor.

Ich greife nach dem Tablet und halte es in meinen Händen. Der helle und weiße Bildschirm strahlt mir entgegen. Schwarze Buchstaben heben sich vom Weiß des Tablets ab.

// Noch etwas Geduld, meine Teuerste.

Machen Sie es sich in ihrem Zimmer
gemütlich und genießen Sie den
Ausblick.

-S.

Meine Augen gehen diese Zeilen nach und nach ab. Wiederholen die einzelnen Wörter und starren letztlich wutentbrannt auf Sages Initial.

Noch etwas Geduld.

Den Ausblick genießen. So etwas sind sie immerhin nicht gewohnt.

Meine freie Hand verselbstständigt sich und kommt mit voller Wucht auf dem blanken Material der Apartmenttür auf. Ein Schrei aus meinem Hals unterstreicht die Wut im Inneren meines Körpers.

Das Geräusch meiner aufkommenden Hand hallt von den Wänden wider und ebbt in meinen Ohren ab.

Und plötzlich ist es still.

Zu still.

Ich gebe dem Puls hinter meinen Schläfen nach und nehme die einzelnen Schläge meines Herzens wahr.

Und dann: »Ma'am, ist alles gut bei Ihnen?«

Eine Männerstimme durchdringt die Tür. Ich nehme wahr, wie er mithilfe seiner Füße sein Körpergewicht neu verteilt und höre etwas klirren. Vermutlich ist es sein Gürtel.

Oder eine Pistole, die er sorgsam aus der Scheide zieht.

Ich holte tief Luft und kaue auf meiner Unterlippe herum. Versuche, die keuchenden Atemzüge unter Kontrolle zu bringen.

»Den Umständen entsprechend«, gebe ich monoton von mir.

»Legen Sie sich in ihr Bett, Ma'am. Das ist besser, als aus Frust gegen eine Tür zu boxen.«

Und in diesem Moment weiß ich, dass dieser Mann und ich keine Freunde werden würden.

Ohne zu antworten, lege ich das Tablet zurück auf die Ablage und mache mich auf den Weg ins Schlafzimmer.

Die Decke auf meinem Körper drückt mich ein wenig in die Matratze. Für einen winzigen, aber kostbaren Moment fühlt sie sich wie eine Barriere an.

Ein Schutzschild, welches mich von der Welt dort draußen abschirmt und mich in Sicherheit wiegt.

KAPITEL 7
DAMALS

KIRAN

DIE BAHN FÄHRT derart schnell, dass sich die unterirdischen Wände links und rechts wie Wasserfälle an mir vorbeibewegen.

»In ein paar Minuten erreichen wir die Grenze von Sektor One«, ertönt die Stimme des Lokführers.

In ein paar Minuten.

In ein paar Minuten steige ich aus und trete in die Reihen des Militärs.

In ein paar Minuten.

Ich rücke den Rucksack auf meinen Schultern zurecht und bewege mich, gegen den Willen der vorantreibenden Bahn, in die entgegengesetzte Richtung – bis ans Ende des Abteils und öffne und schließe die Türe der Toilette.

Dort setze ich den Rucksack ab und greife nach dem Inhalt. Nach einer dunkelroten Hose und einer noch dunkleren Jacke des Militärs.

Mit meinen Fingern fahre ich über den seltsamen Stoff. Über die einzelnen Farbübergänge von Rot in Rot.

Es kostet mich einiges an Überwindung New Ainés Uniform überzustreifen und mich noch dazu wie ein Soldat des Systems zu verhalten. Doch bevor ich meine Hose gegen die des Militärs eintausche, krame ich in meiner Tasche herum und halte einen kreisrunden Chip in den Händen, den ich sorgsam in den Stoff der Militär-Jacke einbringe.

Dann ziehe ich mich um.

Als ich die Toilette in roter Uniform verlasse, fühle ich mich wie ein anderer Mensch. Mag sein, dass ich Kiran heiße und auch so genannt werde – aber in Zukunft muss ich mich wie einer von ihnen bewegen. Wie einer von ihnen handeln. Darf nichts überstürzen und nicht als der erscheinen, der ich eigentlich bin.

Wie ein Roboter. Ohne Gefühle und Emotionen. Ich bin einer von vielen. Von einer Einheit.

Die Bahn kommt zum Stehen. Also mache ich mich auf den Weg Richtung Ausgang und finde mich inmitten eines Tunnels wieder. Provisorisch an der Decke angebrachte Lampen erhellen den Tunnel für ein paar Einheiten, bevor sie zu flackern beginnen und der Tunnel kurzzeitig in Dunkelheit eintaucht.

Ich gehe den Bahnsteig entlang und halte vor einer nach oben führenden Leiter inne. Mein Blick wandert die Sprossen hinauf, die allesamt einer Art Deckel entgegenführen.

Allesamt den Grenzen des Militärs. Den Grenzen von New Ainé.

Ich schließe meine Augen und erinnere mich an die Anweisungen, die mir Mailia mit auf den Weg gegeben hat. An all das, woraufhin ich trainiert wurde. Auf was ich achten müsse. Wie ich mich zu verhalten habe.

Und dann umschließe ich mit den Händen die nächst höhergelegene Sprosse und bewege mich fort. Weiter und weiter – bis ich nach dem

Deckel greife und ihn nach oben drücke, sodass er zur Seite springt und Tageslicht den Tunnel flutet.

Die einzelnen Sonnenstrahlen blenden mich und halten mich davon ab, weiterzubewegen. Ich blinzle ein paar Mal, bevor ich mich mit zusammengekniffenen Augen aus der Dunkelheit hieve und meine Umgebung mustere wie ein Scanner.

Ich bin in einem Wald. Besser gesagt, am Rand eines Waldes, kurz bevor die Zivilisation einsetzt und die Mauer emporragt.

Ich drehe mich einmal im Kreis und versuche mich zu orientieren. Doch plötzlich nehme ich das dumpfe Aufkommen von Stiefeln auf dem Boden wahr. Zuerst sind sie ganz leise, dann immer lauter. Ich blicke in die Richtung der Geräuschquelle und erkennen einen Trupp des Militärs, wie er sich der Mauer nähert und unmittelbar der Grenze innehält, um einen der wenigen Eingänge in den Sektor zu passieren.

Ich zögere nicht.

Sondern sprinte den Soldaten hinterher, sodass ich nach ein paar Sekunden die letzte

Reihe der Formation erreicht habe und mich selbst einschleuse.

Ich halte die Luft an, sodass das lautstarke Ringen nach Luft nicht allzu stark in den Vordergrund tritt. Dennoch wird der Soldat neben mir aufmerksam und mustert mich von oben bis unten.

Für einen kurzen Augenblick spüre ich eine Gänsehaut entlang des Weges aufkeimen, den seine Blicke zurücklegend markieren.

Dann seine raue Stimme: »Wo hast du dein Gewehr gelassen, Soldat?«

Mein Gewehr.

Ich weiß es nicht.

»Verloren«, gebe ich monoton und barsch zurück, wie es sich für einen Soldaten gehört. »Ich wollte nicht zurückrennen und die Kameraden aus den Augen verlieren.«

Er scheint mit meiner Antwort einigermaßen zufrieden zu sein und wendet sich nickend ab – blickt in die Richtung des Torbogens, der den Zutritt in Sektor One preisgibt.

Der Trupp bewegt sich in Richtung Mauer. Ich würde lügen, wenn ich behaupten würde, kein bisschen aufgeregt zu sein.

Was ist, wenn der Chip nicht seine Wirkung entfaltet und ich als Lügner enttarnt werde? Sie würden mich vermutlich standardgemäß auf dem Großen Platz hinrichten – wie alle anderen auch, die sich dem System wiedersetzen.

Die Reihen lichten sich, immer mehr Soldaten verschwinden hinter der Mauer. Meine Körper nähert sich erschreckend schnell der Grenze zwischen Leben und Tod und ich habe das Gefühl, im Boden zu versinken.

Der Soldat vor mir hält seinen rechten Arm gegen eine Art Scanner in der Wand und tritt nach einem grünen Blinken durch den Torbogen.

Dann ist er weg und mir bleibt nichts anderes übrig, als seinen Platz einzunehmen und meinen Arm dem Scanner entgegenzustrecken. Meine Hand verharrt zitternd auf der Höhe des roten Leuchtens der Lichtschranke.

Ich warte.

Und warte.

Warte, dass irgendetwas passiert. Dass das grüne Licht zu blinken beginnt und ich passieren darf.

Aber es passiert nichts.

Allmählich beginne ich zu zittern und blicke nervös um mich. Ein paar der Soldaten scheinen auf mich aufmerksam zu werden und mustern mich mit ihren dunklen Augen. Als wären sie allesamt Jäger – und ich ihre Beute.

Mein Blick verharrt auf einem der Soldaten, dessen Glatze im Licht der Sonne glänzt. Seine Gesichtszüge stechen hart und konturiert hervor und seine Kiefermuskeln bewegen sich mahlend vor und zurück. Seine dunklen Augen verweilen mit enormer, erdrückender Kraft auf mir und starren mich wie in ein tiefes Loch. Ich hole tief Luft und will wegsehen, als plötzlich ...

Das Blinken erstrahlt hell und leuchtend wie ein Wunder und nimmt all die Aufregung und Nervosität mit sich. Ich kann mir ein schiefes Grinsen nicht verkneifen, das wie ein schneller Windzug über mein Gesicht huscht und für einen Moment eine tiefe Kerbe zwischen den Augenbrauen des glatzköpfigen Soldaten hervorruft.

Ich trete unter dem Torbogen hindurch und lasse die Aufregung und die starrenden Blicke der anderen Soldaten, die sich in meinen Rücken bohren, hinter mir.

Und doch erlischt das Phantom-Lächeln auf meinem Gesicht, als ein Soldat in schwarzer statt roter Rüstung auf mich zukommt und von seinem Tablet aufsieht.

»Kiran Lakewood?«

Ich erstarre. Nicke. »Ja?«

»Folgen Sie mir bitte. Sie werden bereits erwartet.«

KAPITEL 8

SKYE

Ich glaube, dass ich mittlerweile um einige Jahre gealtert bin. Vielleicht bin ich schon Grandma. Vielleicht sind meine Enkelkinder gerade dabei, im Garten meiner Kinder zu spielen - wer weiß.

Zumindest kommt es mir so vor.

Ich laufe auf und ab, seit ich heute Morgen durch das automatische Verblassen der seltsamen Rollläden aus einem unsagbar unruhigen Schlaf erwacht bin und schmerzhaft feststellen musste, dass ich mich noch keinen einzigen

Zentimeter in irgendeine Richtung bewegt habe.

Also laufe ich auf und ab und versuche, an irgendetwas anderes zu denken als daran, dass ich gegen meinen Willen in einen goldenen Käfig eingesperrt wurde und wohl oder übel festsitze, bis sich irgendjemand zu Wort meldet. Irgendjemand, nur ich nicht.

Davon abgesehen – was Sage eigentlich von mir will, ist immer noch unklar. Zumindest für mich.

Ich laufe auf und ab.

Und plötzlich habe ich Hunger.

Mein Körper dreht sich wie von selbst in Richtung der nobel eingerichteten Küchenzeile in der Ecke und läuft wie von selbst dorthin – bis ich vor einem merkwürdig hohen Schrank stehe und an einem länglichen Griff an der Vorderseite ziehe, sodass die Front zur Seite einfährt.

Ein grelles Licht erhellt den Innenraum des Schrankes und gibt einzelne, hauchdünne Gitter preis, auf denen allerhand Nahrungsmittel verteilt liegen.

Ich greife nach einer Banane und einer kleinen Schale, in der sich eine weiße, cremige Substanz befindet, und setze mich auf einen eigenartigen, hohen Hocker neben der Theke.

Als ich einen Finger in die weiße Substanz eintauche, stelle ich schnell fest, dass es sich um jenes Milchprodukt handeln muss, das ich früher von Mom zum Frühstück serviert bekommen habe.

Joghurt haben sie es, glaube ich, genannt.

Damals – noch bevor zwischen dem System und den Sparks Krieg herrschte und nur noch ausgewählte Essensrationen an die einzelnen Haushalte verteilt wurden. Und *Joghurt* stand ganz sicher nicht an erster Stelle des ohnehin kurzen Einkaufszettels.

Ich nehme einen Bissen von der geschälten Banane und vergesse für einen kurzen Moment, weshalb ich hier bin. Dass ich eigentlich wütend auf Cassie bin - falls dieses Wort überhaupt ausreicht, um das auszudrücken, was ich fühlen sollte. Dass ich gleichzeitig aber pure Freude empfinde, zu wissen, dass es Mom gut geht.

Und ...

Dass ich nicht weiß, was passieren wird, sobald sich die verschlossenen Türen öffnen und ich erfahre, was man mit mir vorhat.

All das verdränge ich mit jedem weiteren Bissen und genieße den Geschmack einer gereiften Banane. Ganz anders als im Lager des Militärs.

Ich schaue von der Theke auf und wage einen Blick auf die Skyline, die sich vor den riesigen Fenstern abzeichnet und die den Horizont in sich verschluckt. An den Spitzen der flachen Dächern schweben die Hoover–Bahnen entlang und transportieren die Bürger New Ainés von einem Ort zum anderen. Unwissend und dem Gesetz folgend wie diese kleinen Tierchen.

Ameisen heißen sie, glaube ich.

Die Wut in mir – dieser Ursprung allen Übels, der durch die Machenschaften des Systems befeuert wurde – prickelt unter meiner Haut beim Anblick der unwissenden Menschen, die ihre Arbeit verrichten und stur und monoton das machen, was von ihnen verlangt wird – egal, was das System von ihnen verlangt oder ihnen verbietet, sie folgen ihm dennoch.

Manchmal glaube ich, ein böser Mensch zu sein. So viel Wut zu empfinden und gleichzeitig so viel Frustration und Trauer mit sich herumzutragen – manchmal bilde ich mir ein, vor Negativität und schlechten Gefühlen übermannt und kontrolliert zu werden. Als wäre all das Übel in mir mein eigenes, mein ganz persönliches System, das mich kontrolliert und leitet und sich manchmal mit allen Mitteln an die Oberfläche meines Unterbewusstseins kämpft. Manchmal –

Ein kaum hörbares Surren und Summen lenkt meine Aufmerksamkeit auf sich. Ich suche den Ursprung des seltsamen Geräusches und bleibe am Türgriff des Schrankes hängen, der noch vor ein paar Minuten mit einer Banane und einer Schale Joghurt befüllt war.

Ich kneife meine Augen zusammen, als könnte ich dadurch besser sehen, und stehe auf. Ich nähere mich dem Vorratsschrank und bleibe unmittelbar davor stehen, den Blick gesenkt und auf den Griff gerichtet.

Das Summen und Surren ist verstummt. Als hätte es Angst vor mir. Dennoch fahre ich mit sanften Fingerspitzen über die Oberfläche des

Griffes. Auf und ab. Bis ich schließlich an einer minimalen Einkerbung hängenbleibe.

Mein Herz setzt einen Schlag lang aus.

Dann gehe ich in die Knie und führe mein Gesicht so nah an den Griff heran, bis er verschwimmt und meine Augen den Schrank dahinter fokussieren.

Und dann sehe ich es.

Eine kleine Linse.

So winzig klein wie eine Wimper dünn ist.

Sie bewegt sich von innen nach außen, scheint irgendetwas zu fokussieren.

Bis mir klar wird, dass *ich* das Objekt bin, welches die Kamera zu fokussieren versucht.

Instinktiv führe ich meine Handflächen der kleinen Kamera entgegen und versperre ihr die Sicht.

Ich fahre herum und sehe mich mit lautem Herzschlag um. Scanne die einzelnen Säulen ab und wandere mit meinen Blicken die Decke entlang.

Kameras.

Überall Kameras.

Ich weiß, dass sie da sind. Obwohl ich sie nicht sehen kann.

Und plötzlich fühle ich mich nackt.

So nackt, dass Wut meinen Körper befeuert und seltsamer Nebel all die Erinnerungen mit sich nimmt, die mich daran erinnern, noch vorhin beim Essen die negativen Seiten vergessen zu haben.

Nichts ist vergessen. Vielleicht habe ich es für eine kurze Zeit verdrängt, aber nicht vergessen.

Ich könnte niemals vergessen.

***

Das Bett, auf dem ich sitze, ist so einladend weich, dass es mir schwerfällt, wach zu bleiben. Aber ich darf nicht einschlafen. Sie würden mich überwachen und mir wer weiß was einflößen.

Also bleibe ich wach. Halte die Arme in meinem Schoß verschränkt und starre an die weiße, stählerne Wand.

Mein Magen knurrt, da ich nur die Hälfte von dem gegessen habe, was ich eigentlich wollte. Doch nachdem ich erfahren habe, dass ich scheinbar rund um die Uhr von Kameras über-wacht werde, ist mir der Appetit gänzlich vergangen.

Ich warte.

Warte auf ein Signal oder Zeichen.

Auf dieses Wunder, welches mir die Tür öff-net und mir die goldenen Fesseln abnimmt, sodass ich gehen kann.

Und noch während ich über bessere Zeiten nachdenke, schweift mein Blick unaufhaltsam in Richtung der Glasfront, hinter der sich die Skyline New Ainés erstreckt.

Ich blinzle ein paar Mal. Und noch weitere Male, weil ich nicht fassen kann, was ich hinter den letzten Häuserreihen der Skyline ausma-chen kann.

Also befreie ich mich aus der selbstauferleg-ten Starre und trete ans Fenster heran, lege meine flache Hand gegen die Scheibe und starre in Richtung der hintersten Hochhäuser, die von einem rauchenden Mantel umhüllt werden.

Schwarzer und weißer Rauch steigt hinter den Häusern auf. Erst sind es nur ein paar Wol-ken, aber mit der Zeit nimmt der Rauch einen immer bedrohlicheren Umfang an. Bis der Horizont beinahe komplett von weißen und schwarzgrauen Rauschschwaden eingenommen wird.

Ich drehe mich im Kreis und halte nach etwas Ausschau, mit dem ich mich vielleicht nützlich machen könnte. Aber wie auch? Ich sitze hier fest und kann lediglich zusehen dabei, dass scheinbar etwas in die Luft gegangen ist.

Im selben Augenblick ertönt das seltsame Piepen aus dem Wohnzimmer, welches mir bereits beim letzten Mal eine Übertragung von Sage angekündigt hat.

Ich weiß, dass es etwas mit dem aufsteigenden Rauch zu tun haben muss – also eile ich in großen Schritten zu dem pyramidenförmigen Objekt und betätige den runden Knopf, sodass der Lichtkegel in die Höhe schießt und Sages Gesicht preisgibt.

»Meine liebe Skye«, fängt er an, als würde ihm die Zeit davonlaufen.

»Hallo«, ist alles, was ich von mir gebe, und ich bin dazu geneigt, in eine der vielen Kameras zu grinsen.

»Wie es scheint, haben wir einige Verstecke Ihrer *Freunde* ausfindig gemacht.«

Mein Atem stockt.

Der Rauch.

»Sind sie –«

»Keine Sorge«, sagt er und lächelt auf mich herab, »ihnen geht es soweit gut.«

Ich überlege nicht lange und trete von einem Bein auf das andere. Ich weiß, dass ich nicht ohne Grund hier festgehalten werde. Hätten sie mich tot sehen wollen, wäre ich schon längst nicht mehr hier.

Sie brauchen mich.

Und wenn ich es ein wenig geschickt anstellen kann, bekomme ich vielleicht sogar das, was ich will.

»Aber?«, frage ich nachdrücklich.

»Schnippisch und flott wie eh und je, Ms. Ignis.«

Ich weiß nicht, ob ich lachen oder weinen soll. Bei jedem einzelnen Satz aus seinem Mund jagt Gänsehaut meinen Rücken hinunter.

»Ich will, dass Sie mit uns kooperieren, Ms. Ignis – zu ihrem eigenen Wohl und zum Wohl Ihrer Freunde.«

Ich weiß, will ich antworten, aber ich beiße mir auf die Zunge und balle meine Hände zu Fäusten. Als ich nicht antworte, fährt Sage unbeirrt fort: »Sie werden morgen und übermorgen nach ihrem Frühstück von einem unserer *Mitarbeiter* abgeholt. Sie müssen sich lediglich an meiner Seite aufhalten und ein wenig mehr positiven Eindruck hinterlassen, als Sie es jetzt gerade tun, meine Liebe.«

Etwas in meinem Hals schnürt sich zusammen. Ich muss schlucken, damit sich mein Mageninhalt nicht vor meinen Füßen erstreckt.

Er will, dass ich seine Begleitung spiele und dabei auch noch glücklich wirke.

Ich antworte nicht. Bin viel zu sehr damit beschäftigt, meine Körpersprache im Zaum zu halten.

»Wir sehen uns morgen, Ms. Ignis«, ist alles, was er noch sagt, bevor der Lichtkegel erlischt und dem Raum seine natürliche Farbe zurückgibt.

Im selben Moment ertönt Sages Stimme erneut. Jedoch nicht aus dem Projektions-Gerät, sondern unmittelbar hinter mir. Also fahre ich blitzschnell herum und starre auf den Bildschirm des Sol-TVs, der scheinbar von selbst eingeschaltet wurde.

Zu sehen ist Sage, hinter ihm erstreckt sich die Skyline und am Horizont zeichnet sich rauchend und qualmend der Sonnenuntergang ab.

Das Bild wechselt. Soldaten führen zahlreiche Männer und Frauen in Handschellen in Transporter und verschließen hinter ihnen die Türen. Vielleicht sind es fünfzig oder gar über hundert Menschen.

»Wir fanden sie in Gräben und hinter Mauern unmittelbar vor der Grenze«, ertönt die Stimme von Sage. »Verehrte Bürger von New Ainé: Die Outlaws haben bereits einige unserer besten Soldaten entführt und getötet – eine jedoch hat den bitterlichen Kampf überlebt und uns zu ihnen geführt.«

Das Gesicht einer jungen Frau wird eingeblendet. Ihre Wangen sind verschrammt und ihr Haar wirkt zerzaust und verdreckt. Und im selben Moment, als Sage den Namen der Person verkündet, geben meine Beine nach und ich falle hinterrücks auf den Boden und suche Halt.

»Skye Ignis ist die Frau, der wir es zu verdanken haben, den Ursprung allen Übels ausfindig gemacht zu haben.«

Ich starre zu Boden und höre meinem pochenden Herzen dabei zu, wie es beinahe aus meiner Brust herausspringt.

Heiß und kalt.

Warm und nass.

Mein Körper fährt Achterbahn.

Ich kann nicht mehr hinsehen.

»Die Basis der Outlaws wurde ausfindig gemacht und eliminiert.«

Nein.

»Die Outlaws, die wird gefunden und überführt haben, befinden sich in unserem Gewahrsam.«

Nein.

»Morgen Mittag findet die erste Hinrichtung auf dem Großen Platz statt. Jeden Tag werden zehn der Outlaws hingerichtet, bis sich der Rest jener Verräter zu erkennen gibt und sich dem System fügt.«

Nein.

Nein.

Nein.

»Jeden Tag wird es Hinrichtungen geben, bis der Frieden in der Neuen Welt wieder vollends hergestellt ist.«

Nein.

Als ich aufschaue, rotiert das Wappen New Ainés auf dem Monitor.

Und dann erschallt Sages Stimme in meinem Kopf und rüttelt an den Mauern meiner persönlichen Festung.

»Sie müssen sich lediglich an meiner Seite aufhalten und ein wenig mehr positiven Eindruck hinterlassen, als Sie es jetzt gerade tun, meine Liebe .«

Ich muss zusehen.

Ich muss zusehen.

Ich muss *zusehen*.

Sages Worte dringen in mich ein wie eine Nadel. Seine Stimme brodelt in meinem Magen wie flüssige Lava.

Und dann platzt es aus mir heraus.

Ich übergebe mich, bis meine Hände im Erbrochenen schwimmen und ich mich weinend und zitternd auf den Knien aufrichte, meinen Kopf in den Nacken lege und verzweifelt an meinen Haaren ziehe, bis all der Frust und all der Schmerz schreiend meinen Körper verlassen haben.

KAPITEL 9
DAMALS

KIRAN

DER SOLDAT IN schwarzer Uniform führt mich durch die Gänge der Militärbasis.

Ich versuche mir die einzelnen Details und Abzweigungen einzuprägen und Schlüsse über die Standorte verschiedener Stationen und Aufenthaltsräume zu treffen – wer weiß, wie nützlich das Wissen über den Lageplan mir einmal werden könnte.

Meine Füße tragen mich im Gleichschritt die Gänge entlang, im selben Rhythmus, angepasst an den Soldaten in Schwarz, als er plötzlich seinen Mund öffnet und mit mir zu redet.

»Und? Wie war ihre Arbeit zuvor, Kadett?«

Meine Arbeit zuvor.

Zuvor.

Meine Finger beginnen zu zucken und suchen Halt. Ich versuche, ruhig zu bleiben und mir nicht anmerken zu lassen, dass ich keinen Schimmer von dem habe, was der Soldat von sich gibt.

»Ich weiß nicht, was Sie bereits über mich wissen, Sir«, antworte ich und hoffe, seiner Frage damit ein wenig entflohen zu sein.

»Na ja, Sie wissen schon. Ihre Arbeit als Grenzer in Sektor Nine.« Die Worte kommen aus seinem Mund, während er den Kopf nach links neigt, anstatt sich zu mir umzudrehen.

Ich starre auf seinen Rücken und atme ein und wieder aus. »Was soll ich sagen?«, antworte ich und zögere, »viel gab's da nicht zu sehen. Hab gehört der Abschaum tummelt sich mehr hier unten.«

Jedes einzelne Wort über meine Familie schmerzt in meiner Brust, aber es scheint Wirkung zu zeigen: Die Schultern des Soldaten bewegen sich auf und ab, passend zum rauen Lachen aus seinem Mund.

»Stimmt, da liegen Sie gottverdammt richtig. Der ganze Abschaum ist hier unten.«

Meine Hände ballen sich zu Fäusten. Ich würde so gerne, so gerne zuschlagen. Es wäre ein Unfall gewesen, nichts weiter. Beim Umdrehen ist er mit dem Kopf an einer Kante hängengeblieben, was zu starken Blutungen geführt hat. Ich war zu benebelt, um nach Hilfe zu rufen, und dann ist er gestorben.

Aber ich reiße mich zusammen und entspanne meine malmenden Kiefer, bevor sie meine Backenzähne ruinieren. »Hab gehört, dass es immerhin in den letzten Wochen ziemlich ruhig verlaufen sein muss«, sage ich monoton und hoffe, dass er nichts von der angestauten Wut und meinen Mordgelüsten mitbekommt.

»Stimmt«, antwortet er knapp, während er um eine Ecke biegt und ich ihm folge. »Nur die Ruhe vor dem Sturm, nichts weiter.«

Ich würde ihm gerne sagen, wie recht er doch hat. Er wäre der Erste, den ich eigenhändig um seinen Job bringen würde. Aber das ist nicht der Grund, weshalb ich hier bin – noch nicht. Dennoch hat er recht.

Nur die Ruhe vor dem Sturm.

»Hier sind wir«, sagt er und deutet auf die Schleuse, die mich zum Kommandanten bringen wird. »Wir sehen uns, Kadett«, fügt der Soldat hinzu und führt seine rechte Hand zur Stirn. Dann ist er verschwunden.

Als ich durch die Schleuse trete und mich der Kommandant empfängt, wird mir meine neue Aufgabe zugeteilt. Eine Aufgabe, von Mailia ausgesucht und von Craig mitgeteilt, obwohl Mailia und Craig nicht einmal befreundet sind – im Gegenteil. Verrückt.

Ab sofort arbeite ich als Controller beim Militär. Ich trainiere und lebe genau wie alle anderen Soldaten, aber ich werde nicht auf dem Schlachtfeld kämpfen. Meine Aufgabe ist es, die Kameras zu überwachen und dafür zu sorgen, dass alles nach der Ordnung des Systems funktioniert.

Ich lächle, als Craig seinen Monolog beendet hat.

Nicht weil ich mich darauf freue, im Namen des Systems zu dienen, sondern weil mich meine Tante mit ihren Machenschaften immer wieder aufs Neue überrascht.

Der Soldat in Schwarz hatte recht: Es ist nur die Ruhe vor dem Sturm.

KAPITEL 10

SKYE

ICH LIEGE IN ihrem Bett. Trage ihre Kleider und bewege mich auf ihrem Boden. Zaghaft und mit aller größter Vorsicht, als würde ich über ein Minenfeld wandern.

Wenn ich aus dem Fenster sehe, bilde ich mir ein, eine wütende Meute von Menschen vorzu-finden, die allesamt Schilder mit Anschuldigungen und Morddrohungen in die Luft halten. Sie schreien meinen Namen. Zer-reißen ihn, ehe er ihre Münder verlassen hat.

Sage hat es geschafft. Sie haben mich zum Sündenbock und zeitgleich zum Retter der neuen Welt ernannt. Die einzigen Menschen, die mir gezeigt haben, was es heißt, frei zu sein, verachten mich nun – sofern sie Sages Bericht gesehen haben. Und das Volk, welches stur und naiv dem Gesetz folgt, betrachtet mich höchstwahrscheinlich als Retter einer ganzen Nation.

Skye Ignis ist die Frau, der wir zu verdanken haben, den Ursprung allen Übels ausfindig gemacht zu haben.

Etwas brodelt unter meiner Haut. Etwas, dessen Wirken ich nicht beschreiben kann. Noch nicht.

Jedes Mal, wenn ich Sages Gesicht vor meinem inneren Auge sehe, erinnere ich mich an die Überreste meines Mageninhalts an meinen Händen. Ich stehe vor dem ausziehbaren Waschbecken des Badezimmers ihres Apartments. Zitternd fahre ich mit den Fingern die einzelnen Konturen meines Gesichts nach, die nach und nach immer dunkler zu werden scheinen. Meine Augen haben an Glanz verloren. Selbst mein festes Haar gleicht dem Fell eines zotteligen Hundes.

Ich atme aus und nehme all die Kraft, die mich die Tage über schützend umgeben hat, von mir. Etwas flüstert mir ins Ohr, dass es vorbei ist. Dass *alles* vorbei ist. Gewonnen, hin oder her.

Meine Arme beginnen zu zittern und ich löse mich vom Waschbecken. Ich richte mich zu voller Körpergröße auf und mustere die fremde Person auf der anderen Seite des Spiegelbilds in einem Nachthemd, das vermutlich teurer und kostspieliger ist als alles, was sie in ihrem ganzen Leben jemals auf ihrer Haut gespürt hat.

Meine Finger berühren die aufgesprungenen Lippen. Überfahren die tiefen Kerben in meiner Unterlippe und halten über dem Lippenherz inne. Genau dort, wo Kirans Lippen die meinen berührt haben.

Ich schließe meine Augen und versuche, jene Nacht in mir wieder aufkeimen zu lassen. Sämtliche Gefühle und diese Wärme, als er mich mit seinen bloßen Armen von der Außenwelt abschottete. Ich denke an den Kuss zurück, an die Stromstöße und an das prickelnde Gefühl, als seine Hände meinen Körper zu sich gezogen haben. Als wir eins wurden und die Welt um uns herum in Schwarz und Weiß in den Hintergrund rückte.

Und plötzlich ertönt ein schrilles Piepen.

Ohne weitere Verzögerung nehme ich das Öffnen der Wohnungstür wahr und höre kurz darauf Schritte. Zuerst ganz leise, dann immer lauter. Bis sich die Badezimmertür wie von selbst öffnet und zwei Männer in voller Ausstattung im Türrahmen auf mich warten.

»Sind Sie so weit, Ms. Ignis?«, fragt mich einer der Männer, noch ehe ich mich zu ihnen umgedreht habe. Ich halte lediglich zu dem Abbild des Mannes Augenkontakt, das ich im Spiegel oberhalb des Waschbeckens ausmachen kann.

Ich mustere mich selbst von oben bis unten. Das Nachthemd umschmeichelt wehend meine schmalen Knie und verleiht meinen blanken Füßen einen Ausdruck von Müdigkeit.

Ich werde mich nicht zurechtmachen. Ich werde nicht hübsch dabei aussehen, wenn ich dabei zusehen muss, wie Duzende Mitglieder meiner neuen Familie hingerichtet werden.

Ein flüchtiges Grinsen huscht über mein Gesicht, als ich mit dem Kopf nicke und mich schließlich den Männern zuwende, die bereits drauf und dran sind, meine Hände in Fesseln zu legen und mich nach draußen zu führen.

Als sie mich zur Wohnungstür hinausdrängen, bleibt mein Blick an einem Mann in Rüstung hängen. Er verweilt auf der anderen Seite des Ganges und gähnt, als wäre er gerade erst aufgestanden.

»Gute Arbeit, Macon«, zischt einer der Männer hinter mir.

Ein ungewolltes Grinsen stiehlt sich auf das Gesicht des Mannes, der offenbar Macon heißt. »Sie hat nicht einmal versucht zu fliehen«, gibt er von sich, während mich die Soldaten den Gang entlangführen.

Seine Stimme kommt mir bekannt vor. Allerdings kann ich sie nicht zuordnen. Andererseits scheinen alle Soldaten diesen monotonen und kratzigen Unterton in ihren Stimmen zu tragen. Als wäre das eine Art Auswahlkriterium.

Meine Füße tragen mich gezwungenermaßen einem gläsernen Aufzug entgegen, dessen Türen wie von alleine aufgleiten, als sie mich in ihn hineinschieben. Ihre Pranken drängen mich in die Mitte des Aufzuges, ein Klicken ertönt und die Handschellen lösen sich von meinen Handgelenken.

Ich drehe mich zögernd um und blicke in Richtung der Soldaten. Dann umgreife ich mit meinen Händen das jeweils andere Handgelenk und reibe über die Stellen, an denen sich das scharfe Material in meine Haut gebohrt hat.

»Unten werden Sie von einer anderen Einheit empfangen, Ms. Ignis.«

Ms. Ignis. Immerhin sind sie höflich.

Ohne weiter darauf einzugehen, schließen sich die Türen des Aufzuges und das Gefühl der weichenden Schwerkraft macht sich in meinem Körper breit, als sich der Aufzug in Bewegung setzt.

Und dann sein Gesicht in meinen Gedanken. Sein Lächeln. Seine Augen. Dieses Gefühl, in eine andere Richtung gedrängt zu werden. Ständig diese eine Frage in meinem Kopf. Ständig dieser verschleierte Weg vor meinem inneren Auge, der unerreichbar zu sein scheint.

Was würde Kiran davon halten? Was würde er tun? Sicherlich würde er sich nicht so ohne

Gegenwehr vom System herumkommandieren lassen.

Aber ich habe keine andere Wahl.

Sie haben meine Mom.

Töte *ich* nicht alles, woran ich glaube und wozu ich stehe, töten *sie* meine Mom.

***

Ich muss husten, als die seltsame Frau mit ihren kaum sichtbaren Augenbrauen, dem glänzenden Oberteil und den aufgespritzten Lippen ihren Pinsel uber mein Gesicht bewegt.

Sie kramt in ihrem Fundus an Stiften herum und bewegt einen etwas dickeren in Richtung meines Gesichts.

»Was soll das?«, frage ich monoton, während ich gelangweilt mein Spiegelbild vor mir anblicke.

Der Stuhl, auf dem ich sitze, fühlt sich angenehm weich an. Hinter mir befindet sich ein Filmset. Zumindest glaube ich das.

Männer bauen eigenartige Lampen auf, tippen auf Sol-Tablets herum und montieren die große Projektion des Wappens von New Ainé.

Als die Frau mit meinem Gesicht fertig ist, frage ich erneut, was das soll. Doch sie antwortet mir nicht. Vermutlich hat man ihr aufgetragen, nicht mit mir zu sprechen.

Sie klatscht ohne auch nur mit der Wimper zu zucken oder den Blick von meinem Gesicht abzuwenden, zwei Mal in die Hände.

Ein letztes Mal blicke ich in den Spiegel. Zugegeben: Ein bisschen Make-up steht mir. Das erste und einzige Mal, als ich Make-up getragen habe, war an Moms 40. Geburtstag. Die Vertreter des Systems hatten Mom erlaubt, bis zu zehn Personen zu sich nach Hause einzuladen. Deshalb – und aufgrund der Tatsache, dass es endlich eine Gelegenheit gab, etwas Eleganteres anzuziehen als die Pflichtkleidung des Systems – trug ich hier und da ein wenig Rouge und den Lippenstift meiner Mom auf, die Wimperntusche nicht zu vergessen.

Ein Mann tippt mir sachte auf die Schulter und deutet in Richtung des holografischen Wappens. Es fühlt sich beinahe wie ein Engelskuss an. Aber auch nur beinahe. Ganz anders jedenfalls als in den letzten Tagen und Wochen.

Ich stehe auf und folge ihm. Was bleibt mir auch anderes übrig. Vor dem Wappen halte ich inne und warte auf weitere Anweisungen, als sich plötzlich die Türe öffnet, durch die ich noch vor einer Stunde selbst geschritten bin.

Präsident Sage tritt herein. Gefolgt von drei Wachleuten, die ihm auf Schritt und Tritt folgen. Ohne die anderen im Raum auch nur eines Blickes zu würdigen, konzentriert er sich ganz und gar auf mich.

Ich schlucke. Unterdrücke den Reiz, den ganzen Mageninhalt auf dem maßgeschneiderten und präparierten Boden darzubringen. Er schreitet durch den Raum. Kommt mir immer näher.

Als er mich passiert und ein leichter Windstoß meinen Körper streift, fängt das Blut unter meiner Haut an zu brodeln. Er nimmt neben mir seinen Platz ein, hält seinen Blick auf die Kamera vor uns gerichtet.

»Guten Tag, Ms. Ignis«, murmelt er, leicht zu mir hinübergebeugt.

Ich kann nicht antworten. Stattdessen recke ich meinen Hals hoch und kralle die Fingernägel in meine Handflächen, bis es schmerzt.

»Zehn Sekunden«, ruft einer der Männer.

»Reden Sie nur, wenn Sie dazu aufgefordert werden«, höre ich Sage sagen, während mein Blick – genau wie seiner – auf die kleine Öffnung gerichtet ist, deren Projektion in ganz New Ainé sichtbar sein wird.

Ich habe das Gefühl, dass die Mitteilungen von gestern Abend nur ein kleiner Funke im großen Flammensturm waren. Das, was jetzt kommt, ist viel größer und erniedrigender als alles, was ich jemals zustande bringen wollte.

Ich versuche mir einzureden, dass es für sie ist. Für Mom. Aber ich stolpere immer wieder über die Sparks. Über all jene, die ich hiermit verrate. Über all jene, die sich genau in diesem Moment im Grab umdrehen.

Ich stolpere.

Über Kiran.

Ich stolpere noch ein zweites Mal, als die Hymne der Neuen Welt erklingt, gefolgt von Sages machtvoller Stimme, die Gänsehaut auf meinen Unterarmen hinterlässt.

»Das ist sie! Skye Ignis, die die ganze Nation vor dem Vierten Weltkrieg bewahrt hat.«

Ich schlucke Säure. Bete, dass Sie mich einnehmen und von innen nach außen zerstören wird, bevor ich es selbst tue.

***

Als die Tür hinter mir ins Schloss fällt, kann ich wieder atmen. Ich lehne meinen Kopf an die harte Stahltür und rutsche mit dem Rücken daran herunter, bis ich mit angewinkelten Beinen am Boden verweilen kann und meinen Kopf auf den Armen abstütze.

»Das ist Skye Ignis«, hallt es in meinem Kopf nach. *»Unsere Heldin«,* fügen meine Gedanken wie von selbst hinzu.

Ein leises Schluchzen entfährt meinem Mund. Gefolgt von einzelnen Tränen, die den Boden unter mir benetzen. Dann dieser Schmerz in meiner Brust, als sich die Umrisse der Sparks in meinen Gedanken abzeichnen. Als sich Kiran klar und deutlich hervorhebt. Als seine traurigen Augen mir entgegenblicken und er den Kopf schüttelt.

Als er sich vor meinem inneren Auge von mir abwendet.

Ich blicke von meinen Armen hoch und starre aus der Fensterfront auf der anderen Seite des Raumes. Mein Blick ist auf die hinteren Gebäude gerichtet, die den Horizont verdecken und damit die Welt hinter New Ainé.

Die Skyline verdeckt die Trümmerlandschaft der Sparks. Die leblosen Körper. All die Tunnel und Räume. Die Plantagen. All das, was mich stärker gemacht hat als die siebzehn Jahre in den Händen des Systems.

Und auf einmal spüre ich wieder diese Wut in mir aufkochen. Jene Wut, die mich seit vier Tagen umgibt. Jene Wut, die mich nachts wachhält, die die Tage zu Wochen werden lässt und meine Finger zu Fäusten ballt.

Sie wollen, dass ich es glaube.

Sie wollen, dass ich glaube, immer noch eine von ihnen zu sein. Eine von New Ainés Bürgern.

Sie wollen, dass ich glaube, die Sparks verraten zu haben. Dass ich nicht besser bin als *sie*. Immer noch in ihrem Namen handle.

Aber –

Meine Augen wandern meinen Körper entlang. Von den enorm teuren Schuhen hinauf zum enorm teuren Kleid und schließlich meine Arme entlang. Bis ich an meinem rechten Unterarm hängenbleibe und die schmale weiße Linie verfolge, die sich nahezu parallel zu den blauen Adern über meinen Unterarm erstreckt.

Aber –

Mein Atem stockt für mehrere Sekunden.

Ich denke an den Zusammenbruch in der Basis der Sparks zurück. An den Schmerz, der über mich kam und mich davon überzeugte, jeden Augenblick sterben zu müssen. Und dann das erlösende Gefühl, als ich aufwachte und Kiran von der Operation erzählte.

Aber –

Ich atme stoßweise ein und wieder aus und sehe meiner Hand beim Verkrampfen zu.

Was, wenn ich das Militär durch die Injektion ...

Ich schüttle den Kopf, kneife meine Augen zusammen, bis es schmerzt.

Das kann nicht sein.

Oder doch?

Mein Körper zittert, bebt. Pulsiert. Ich beiße mir auf die Unterlippe und starre aus dem Fenster. Zur imaginären Linie des Horizonts.

Durch die Skyline hindurch, bis ich die Basis vor meinem inneren Auge sehe. Zumindest das, was davon noch übriggeblieben ist.

Ich – das kann nicht sein.

Doch je länger ich darüber nachdenke, desto näher rückt Sages Stimme in meinem Kopf. Desto intensiver hallt sein Lachen durch meine Gedanken und desto deutlicher kommt mir das Nicken seines Kopfes in den Sinn.

Ich schüttle den Kopf. Einen Peilsender in die Injektion zu integrieren, ist so naheliegend, dass ich es schon längst wieder vergessen hatte.

Kochend heiße Tränen rinnen mein Gesicht entlang, fließen über das Herz meiner Lippen und bahnen sich einen Weg in meinen Mund.

Die Injektion. Ein Peilsender.

Und als mir klar wird, was für ein Monster ich bin, klopft es an der Tür.

KAPITEL 11
DAMALS

KIRAN

DIE TAGE WIEDERHOLEN SICH.

Ständig das Gleiche.

Ich überwache die Neuankömmlinge und überprüfe ihre Akten auf ihre Herkunft, ordne sie in Craigs Auftrag einzelnen Kategorien und Schwierigkeitsgraden zu, mit denen sie im Laufe ihrer Ausbildung konfrontiert werden sollen.

Soweit ich weiß, glaubt Craig noch immer daran, dass ich aus einem anderen Sektor hierher

verlegt wurde, da ich in *Sektor One* anschei-
nend mehr gebraucht würde als in *Sektor Nine*.
Hätte ich einen Hut auf, würde ich ihn vor
Mailias und ihren Machenschaften ziehen.

Sie glauben, dass ich bereits eine längere Ausbildung zum Truppenführer hinter mir habe
und nur auf meinen nächsten Einsatz warte. Sie
glauben, ich sei derjenige, der endlich dazu in
der Lage sein wird, das Militär in Sektor One
ins Gleichgewicht zu bringen.

Stattdessen warte ich schlichtweg auf Mailias
nächsten Auftrag. Besser gesagt warte ich auf
Zeichen, die einen Hinweis auf einen möglichen Angriff auf die Sparks geben könnten –
oder ein Schlupfloch im System. Eine einmalige
Chance, unbemerkt rein und wieder raus zu
kommen.

Und genau in diesem Moment ertönt der
Alarm.

Ich schaue von der Sol-Projektion auf und
überbrücke schnellen Schrittes den Weg von
den Monitoren zur Schleuse, die in den Gang
nach draußen auf den Hof führt.

Mein Herz klopft im Takt meiner Laufge-
schwindigkeit.

Alarm bedeutet Angriff.

Angriff bedeutet Sparks.

Meine Familie.

Warum wusste ich davon nichts?

Ich schließe mich lautlos und unauffällig einem rennenden Trupp an, der die letzte Schleuse passiert und sich den Weg nach draußen bahnt.

Draußen stehen zahlreiche Gestelle mit Gewehren und Pistolen. Ich greife instinktiv danach, um nicht aufzufallen. Dennoch brennt sich der Griff in meine bloße Hand, als würde sich alles in mir gegen den Fremdkörper wehren.

Die ersten Schüsse fallen. Ich blicke nach oben zur Mauer. Zahlreiche Schützen in New-Ainé-Uniform zielen auf das freie Feld abseits der Mauer. Jeder Schuss umschließt mein Herz wie eine Faust und drückt zu.

Ich presse meine Zähne zusammen und versuche mir nichts anmerken zu lassen. Keine Emotionen. Kein Zucken. Gar nichts.

Dennoch setze ich einen Fuß vor den anderen und werde immer schneller, bis ich vor einer der Beförderungskapseln Halt mache. Sie öffnet sich automatisch, als ich ihr entgegenkomme. Ich steige ein und spüre den gewaltigen Zug, als die Kapsel blitzschnell zum oberen Ende der Mauer hinauffährt.

Ich atme zitternd ein und aus, presse das Gewehr gegen meine Brust und steige aus. Geselle mich zu den anderen Soldaten und blicke über die zweite Mauer hinweg auf das freie Feld hinab.

Sie haben die stählernen Sol-Tanks vorgeschickt, deren dicke Ummantelung die Schüsse problemlos abfangen. Die Fahrzeuge bewegen sich so langsam voran, als würden sie durch Treibsand fahren.

Hinter ihnen die ersten Sparks. Immer mehr. Schüsse fallen auf beiden Seiten. Der Soldat neben mir, dessen Namen ich wohl niemals erfahren werde, fällt mit dem Kopf voraus und landet unsanft auf dem Boden.

Als ich zu ihm blicke, starre ich unwillentlich auf das Loch zwischen seinen Augen, welches eine der Waffen hinterlassen hat. Ich bin dazu geneigt, mich zu bücken und die vor Schreck erstarrten Augen des Soldaten zu schließen.

Aber ich weigere mich. Wäre ich an seiner Stelle, würden sie sich einen Dreck darum scheren, ob meine leeren Augen das Tageslicht erblicken oder nicht. Ich glaube nicht, dass diese *Soldaten* auch nur einmal daran gedacht haben, Moms Augen zu schließen, bevor sie Dad und ihr Schüsse in den Rücken gejagt haben.

Anstatt Mitleid zu zeigen, trete ich nach ihm. Mit voller Wucht in den Bauch. Die Welle meines Schmerzes und meiner Erinnerung lässt mit jedem weiteren Tritt nach.

Bis meine Aufmerksamkeit auf den Soldaten unterhalb der Mauer gelenkt wird. Zwischen Mauer I und Mauer II. Genau im stillen Graben. Nur der Soldat und einer der Sparks.

Doch als sich der Soldat ein wenig zur Seite dreht und sich im Abstand zu dem Angreifer im Kreis bewegt, mache ich sein Gesicht aus – besser gesagt: *ihr* Gesicht.

Es ist eine Frau.

Ein Mädchen.

Vielleicht sechzehn Jahre alt. Oder siebzehn.

Ein Stich inmitten meines Herzens. Ich nehme mir vor, nicht hinzusehen, wenn der Schuss fällt und mit ihm die Soldatin.

Doch als ich mich mit dem Oberkörper wegdrehe und gerade meinen Blick dem freien Feld zuwenden will, bebt die Mauer zu meinen Füßen und ich gehe in die Knie.

Staub steigt auf, ich huste. Halte mir schützend die Hand vor den Mund. Als sich der Nebel etwas lichtet, erblicke ich das Loch – klaffend inmitten der Mauer.

Der Fuß der Soldatin scheint unter einem Stein eingequetscht zu sein. Der Sparks-Soldat kommt immer näher und näher, richtet seine Waffe auf das Mädchen.

Ich schlucke und drücke das Gewehr immer fester an meine Brust, als würde sein Gewicht mein Gewissen daran hindern, das zu tun, was als Nächstes passieren müsste.

Dieses kleine Mädchen hat noch ein Leben vor sich. Und sie sieht überhaupt nicht wie eine Soldatin aus. Ich frage mich urplötzlich, welche Testergebnisse sie wohl gehabt haben muss, um in diesem Drecksloch zu landen.

Sie läuft nicht wie eine von ihnen.

Sie agiert nicht wie eine von ihnen.

Sie *ist* nicht eine von ihnen.

Blitzschnell richtet sich mein Gewehr auf mein eigenes Familienmitglied. Als ich abdrücke, flammt das Bild meiner Mom vor meinem inneren Auge auf. Als sie hinterrücks getroffen wurde.

Ein Stich in meinem Herzen.

Ihr Kopf schnellt erschreckt nach oben. Unsere Blicke kreuzen sich. Aber noch ehe sie den Mund aufmachen oder anderweitig agieren kann, trete ich einen Schritt zurück in die Beförderungskapsel.

Dieses Mädchen ist keine von ihnen. Doch das System wählt nicht grundlos seine Soldaten aus, und sofort bereue ich es, ihr geholfen zu haben. Sie könnte eine Bedrohung für unsere Sache darstellen. Ein Schlupfloch im System. Einen Plan der Kommandanten, den ich vorher nicht bedacht habe.

Und dann beginnt dieser eine Gedanke in meinem Kopf Funken zu sprühen: Ich muss ihren Namen ausfindig machen, ihre Identität. Ich muss wissen, warum sie hier ist.

***

Die Geräuschkulisse aus Schüssen und schreienden Soldaten, ehe sie den Abgrund hinab fallen, lässt mit der Zeit nach.

Ich stehe noch immer auf der Mauer, während Soldaten ihre Kollegen an den Füßen packen und über das Feld zerren, sie auf einem Haufen stapeln und ein Sol-Shuttle angefahren kommt, um den Leichenhaufen schwebend in den Hangar zu transportieren.

Als sich der Trubel lichtet, kehre ich zurück zum Hauptquartier, darauf bedacht, *ihr* Gesicht in Erinnerung zu behalten. Sie ist vielleicht siebzehn Jahre alt – das heißt, dass sie eine von den Neuankömmlingen sein muss.

Also durchquere ich mehrere Schleusen und betrete den Technik-Raum. Dort steht ein großer Zylinder, dessen Knöpfe unter meinen Fingern nachgeben. Sofort steigen vier kleine Säulen hervor und projizieren eine Kugel, deren Inhalt aus unzähligen Dateien und Namen besteht.

Ich betätige ein paar Knöpfe, bis innerhalb der projizierten Kugel ein Eingabefeld entsteht und ich nach den Neuankömmlingen dieses Jahres suchen kann. Dann folgt eine Anzahl von Akten, die mir leuchtend blau entgegenstrahlen. Ich öffne sie einzeln, bis ich das passende Gesicht zum passenden Namen gefunden habe. Es sind dieselben Gesichtszüge und derselbe unsichere Blick wie unterhalb der Mauer, die dort aufleuchten.

Skye Ignis.

Ich öffne ihre Akte.

Und ich schließe sie wieder, als ich sie gelesen habe.

Sofort fahre ich herum und suche im Technikraum nach einer Möglichkeit, Mailia zu kontaktieren.

KAPITEL 12

SKYE

ALS ICH DEN Knopf rechts von der Stahltüre betätige, schwingt sie zur Seite.

Das Gesicht eines Soldaten ist das Erste, was ich wahrnehme, und ich trete automatisch einen Schritt zurück.

Er ist breit gebaut und wirkt äußerst dominant in seiner rot-schwarzen Uniform. Doch statt eines Gewehres hält er eine silberne Box in seinen Händen und betrachtet mich aufmerksam.

»Guten Tag, Ms. Ignis«, höre ich ihn sagen. Monoton wie eh und je. Doch als ich ihm in die Augen schaue, erkenne ich denselben Soldaten, der vorhin bereits vor meiner Tür stand und der auch die Abende zuvor vor meiner Tür Wache gehalten hat. Es ist jener Soldat, der mich, nach ein oder zwei Schlägen gegen die Apartment-Tür, ermahnt hatte, ins Bett zu gehen.

Macon war glaube ich sein Name.

»Haben Sie geweint?«, fragt er, anscheinend in einer Mischung aus Verwunderung und Bestätigung.

Ich wische daraufhin nochmals über mein Gesicht und nehme dabei die feuchten Wangen unter meinen Handflächen wahr, als ich darüberfahre. Ich schniefe und verweile gleichzeitig breitbeinig im Türrahmen, um die gezeigte Schwäche mit meiner Körperhaltung zu kompensieren.

»Scheint so«, antworte ich.

Er antwortet nicht. Für einen Moment lang durchdringen mich seine braunen Augen mit einer Intensität, mit der ich nicht gerechnet hätte.

Dann gibt er ein Räuspern von sich und deutet auf die stählerne Kiste in seinen Händen. »Das sind ein paar Ihrer Sachen.«

Er streckt mir die Box entgegen.

Ich bin drauf und dran danach zu greifen – aber im letzten Moment halte ich inne und das Zucken in meinen Fingerspitzen zurück.

Sie würden nicht ohne Grund einem Gefallen nachgehen. Doch bevor ich den Gedanken zu Ende denken kann, ertönt Macons Stimme erneut. »Ich soll Ihnen ausrichten, dass Sie es als eine Art Gegenleistung für den morgigen Tag betrachten sollen.«

Für den morgigen Tag.

Das Gespräch mit Sage blitzt in meinen Gedanken auf. Und plötzlich bildet sich ein Knoten in meinem Hals und ich muss schlucken.

»Natürlich«, antworte ich so monoton wie möglich und versuche, das Zittern in meiner Stimme zu unterdrücken. »Vielen Dank.«

Dann greife ich nach der Kiste und spüre das lodernde Feuer unter meiner Haut, als ich mit meinen Händen das kalte und verräterische Metall aus den Händen des Systems berühre.

Die Schleuse schließt sich und ich bin wieder allein.

Ich kneife meine Augen zusammen und unterdrücke alle Gefühle, die versuchen, sich in mir einen Weg an die Oberfläche zu bahnen.

Ich atme tief ein und wieder aus.

Dann drehe ich mich um, knirsche wie wild mit den Zähnen und unterdrücke die Erinnerungen an die Gespräche mit Sage.

Morgen.

Morgen.

Morgen.

Ich setze mich auf die viel zu weiche, viel zu wertvolle Couch und stelle die Metallbox vor mir auf den Boden.

Ich weiß, was diese Kiste bedeutet.

Ich weiß, dass es eine Erpressung ist.

Aber ich kann nicht anders. Ich betätige den seitlichen Knopf an der Kiste und warte das Zischen ab, welches die Entriegelung der Schlösser ankündigt.

Dann hebe ich den Deckel an und falle vor der Kiste auf die Knie, als ich das Glänzen und Funkeln der Kette ausmache.

Grandmas Halskette.

Ich greife danach und lege sie vorsichtig in meiner Handfläche ab, als könnte sie wie Gals zerspringen. Dann fahre ich vorsichtig mit der Fingerspitze über den leuchtenden Blütenkopf.

Mein Körper zittert.

Die Kette scheint auf Hochglanz poliert worden zu sein.

Das bedeutet, dass sie sie angefasst haben.

Etwas Säuerliches steigt meinen Rachen empor. Aber ich schlucke es wieder herunter, als ein Gefühl von merkwürdiger Dankbarkeit meinen Körper umgibt. Etwas, das sich in Sekundenschnelle in eine angenehm warme Gänsehaut verwandelt, als ich an Mailia denke – als sie mir die Kette in der Basis der Sparks übergab, nach all der Zeit.

Ich öffne den Verschluss und positioniere den Blütenkopf auf der Höhe meiner Schlüsselbeine, dann schließe ich den Verschluss.

Sie ist schwerer als gedacht – für einen Moment schneidet sich das Silber der Kette in meinen Hals, bis ich mich an das Gewicht gewöhnt habe.

Dann nehme ich das rote Samttuch in meine Hände, auf dem die Kette gebettet war und lege es beiseite. Darunter befindet sich ein Sol-Tablet, dessen Bildschirm aufleuchtet, als ich mich darüber beuge, um das schwarz glänzende Display besser ausmachen zu können.

Mein Name.

In schwarzer Schrift auf weißem Hintergrund.

Dann das vertraute Home-Menü mit all den Symbolen und Anzeigen, die mein Leben bis zu jenem Tag bestimmt haben.

Wetterbericht, New-Ainé-News, mein blaues Postfach für gefilterte, private Nachrichten – und das rote Postfach, welches im nächsten Augenblick hell erleuchtet den gesamten Bildschirm einnimmt.

Das helle Leuchten verwandelt sich in ein Flackern, bevor es ein Sofa, inmitten eines genormten Wohnzimmers mit Lampe, Sol-TV und Rundbogen zur Küche, zeigt.

Auf dem Sofa eine Frau.

Ich schlucke.

Mom.

Dieselbe Aufzeichnung, die mir Sage bei einem unserer Gespräche stolz und siegesgewiss präsentiert hatte.

Ich umschließe mit einer Hand den Blüten-kopf auf Höhe meiner Schlüsselbeine und drücke so fest zu, bis sich die einzelnen Blüten-blätter in die Haut meiner Handinnenseite bohren.

Ich weiß, dass der Inhalt der Kiste kein Ge-schenk war. Vielmehr ist es eine Drohung. Der Versuch einer Erpressung.

Ich atme ein.

Beim Ausatmen bilde ich mir ein, »Mom« zu hauchen.

Ich lockere den Griff um meine Kette.

Im nächsten Moment wird mir klar, dass ich keine andere Wahl habe, als Sage das zu geben, wonach er verlangt. Mich.

***

Ich schlafe in letzter Zeit nicht gut. Ständig rolle ich mich von der einen auf die andere Seite und starre an die unsichtbare Glasscheibe, die vir-tuell flimmernde Informationen über meinen nicht vorhandenen Schlafzustand wiedergibt.

Meine Gedanken sind ein einziges Wirrwarr.

Ständig dieser dunkle Nebel, der einzelne Gedankenfetzen umgibt und sie in seinen Bann zieht. Wie zähes, dickflüssiges Wasser ertränkt er meinen Schlaf.

Ich knirsche so heftig mit meinen Zähnen, dass ich Angst habe, morgen mit einer Lücke in einer meiner Zahnreihen aufzuwachen. Heiß und kalt durchströmt es meinen Körper. Ich spüre das feuchte Kissen unter meinem Kopf und öffne schließlich wieder meine Augen, als der schwarze Nebel an Überhand gewinnt.

Die Anzeige über mir flackert auf.

Zustand: wach. Danke fur den Hinweis.

Ich kann an nichts anderes denken, als an Mom. Und an das, was morgen auf mich zukommt. Und an das, was Cassie scheinbar damit zu tun hat.

Cassie.

Für kurze Zeit ist es mir gelungen, sie aus meinen Gedanken fernzuhalten. Mich auf das Wesentliche; das Hier und Jetzt zu konzentrieren.

Aber je mehr Stunden vergehen und je näher der morgige Tag rückt, desto öfter muss ich an

Cassie denken. Dass sie damals in die Militär-basis kam und mir von Moms Tod berichtete.

Und jetzt stellt sich heraus, dass das alles eine Lüge war. Von Anfang an.

Dieser tiefe Schmerz inmitten meines Her-zens, diese unsichtbaren Hände, die meine Lungen fest im Griff halten, hindern mich da-ran, an irgendetwas anderes zu denken als an Verrat.

Ich will davon überzeugt sein, dass Cassie gute Beweggründe hatte, mir einen solchen Schmerz zuzufügen – aber ich weiß es nicht. Und ich weiß ehrlich gesagt nicht, ob ich es je-mals wirklich wissen wollen würde.

Mein Blick schweift in Richtung der digitalen Anzeige neben dem Schlafstatus. Es ist bereits drei Uhr nachts.

Morgen werden sie kommen. Und mich abho-len. Bei dem Gedanken an morgen schnürt sich mein Magen zusammen.

Ich atme tief ein und wieder aus.

Ich habe keinen Schimmer, wie viel Zeit mir noch zum Schlafen bleibt. Also zwinge ich mich dazu und kneife meine Augen zusammen.

Ich weiß nicht, wann ich eingeschlafen bin, aber irgendwann kehrt der dunkle Nebel zurück und nimmt mich mit sich.

***

Ich wache mit einem Ruck auf.

Als sich meine Augen öffnen, ist erst noch alles verschwommen. Wie unter Wasser. Lediglich Umrisse deuten das Zimmer an, in dem ich schlafe.

Als sich meine Augen an die Umstände gewöhnt haben, drängt sich die Anzeige an der Glaskuppel in den Vordergrund. Sie deutet symbolisch das Ausströmen von Gas an. Ein grünes Symbol mit drei Wolken, die sich fortwährend über die Glaskuppel bewegen.

Dann der altbekannte Schriftzug.

Schlafstatus: wach.

Die grünen Wolken verwandeln sich in rote, bis das Symbol in den Hintergrund gerät und die sanfte Brise nachlässt.

Ich zucke.

Sie wollen, dass ich wach werde.

Im nächsten Moment durchfährt ein Zischen den Raum und die Glaskuppel fährt seitlich ein. Wie der Sarg eines Vampirs. Automatisch erhellen sich die Scheiben des Apartments und lassen die Strahlen der frühen Morgensonne ungehindert eindringen.

Fehlt nur noch die Stimme eines Roboters: »Guten Morgen, Skye. Ich hoffe, Sie haben gut geschlafen.« – Was natürlich eine rein rhetorische Frage gewesen wäre.

Der seltsame Hocker inmitten der Kücheninsel fühlt sich merkwürdig bequem an. Ich löffle die Flüssigkeit, die man *Joghurt* nennt, in Sekundenschnelle aus der Schüssel.

Eigenartig.

Eigentlich sollte ich gar nichts essen können, so aufgeregt wie ich bin.

Als ich fertig bin, lasse ich die Schüssel wie zum Trotz auf der Ablage stehen und schreite dem Sonnenaufgang hinter den großen Fenstern entgegen.

Eine Hand ruht auf der kalten Glasscheibe, die andere umschlingt zitternd den Kopf der Blüte. Ich würde lügen, wenn ich bestreiten würde, dass ich Angst habe. Große Angst. Gigantische Angst.

Das Rot der Sonne taucht die glatten, glänzenden Dächer New Ainés in ein schimmerndes Licht in den Farben der Sonne.

Rot. Die Farbe des Blutes.

Ich weiß, dass sie jeden Moment dieses Zimmer stürmen und mich für den heutigen Tag herrichten werden.

Ehrlich gesagt fühlt es sich so an, als ob *ich* diejenige wäre, die hingerichtet wird, statt bloß Zuschauer zu sein.

Und vielleicht ist es auch so. Vielleicht stirbt die alte Skye heute, während eine neue geboren wird.

So viele Teile meiner selbst starben ohnehin bei jedem einzelnen der Verluste, jedem einzelnen der Schicksalsschläge, die ich im letzten Jahr ertragen musste.

Bei

  Jedem

    Einzelnen.

Als sie mich mitnahmen, bevor ich in der Lage war, mich von Mom und Dad zu verabschieden.

Als die verwundeten Sparks vor meinen Füßen an der Mauer lagen und starben.

Als mich Cassie besuchte, und mir verkündete, dass meine Mom tot sei.

Und

Als Kiran starb. Meinetwegen.

Wäre ich nicht gewesen, hätte das Militär nicht von der geheimen Basis der Sparks erfahren. Zumindest nicht so früh und dass Zeit war, um sich auf den Angriff vorzubereiten.

Ich schluchze, eine Träne rinnt meine Wange entlang. Etwas in mir breitet sich aus wie ein nasser Schwamm, bis es meinen Hals zuschnürt und ich einen Würgereiz unterdrücken muss.

Ein stürmisches Klopfen auf der anderen Seite der Haustür. Im nächsten Moment ein Zischen, dass mit dem Öffnen der Tür einhergeht.

Ich wische mir die Tränen gerade noch rechtzeitig aus dem Gesicht, ehe mich einer der Männer an der Schulter packt und mich mit sich nimmt.

KAPITEL 13

DAMALS

KIRAN

UND DU BIST dir dabei ganz sicher, Kiran?«, tönt Mailias Stimme hallend aus der blauen Projektion inmitten des Büros.

»Absolut«, antworte ich, ohne mit der Wimper zu zucken. »In ihren Akten ist vermerkt, dass sie nur aus einem einzigen Grund hier ist.«

»Um uns zu finden«, beendet Mailia den Satz. Ich nicke.

Mailias Stirn wird von Falten gezeichnet. So wie sie sich bewegt, flackert die Projektion auf.

Ich halte mein Tablet mit meinen verkrampften Händen. Ich muss aufpassen – auf der Lauer sein und auf mein Umfeld achten. Wenn sie feststellen, dass ich hier bin, im Technik-Raum ... es wäre alles umsonst gewesen.

»Gibt es bereits irgendwelche Anzeichen, die deinen Verdacht und – die Akten bestätigen?«, fragt Mailia so gelassen wie möglich, aber ich kann die Sorge in ihrer Stimme klar und deutlich heraushören.

Sie hat Angst. Sie weiß nicht, wer diese Skye ist und weshalb das System ein unschuldiges Mädchen losschicken sollte, um die Sparks zu verraten.

Sie hat Angst. Genauso wie ich.

Ich entsperre das Tablet, um meine Informationen nochmals aufzurufen. Jeder einzelne Satz ergibt für sich keinen Sinn – aber liest man sie zusammen ...

»Hier ist vermerkt, dass ihre Trainingseinheiten besonders leicht absolviert werden sollen, um ihre Teamfähigkeit und das Selbstbewusstsein zu stärken.«

Ein schiefes Lächeln auf Mailias Lippen. Ihre Augen sind glasig, als schwebte sie in einem vergangenen Zeitalter. »Das klingt ganz nach Sage. Manipulativ wie eh und je.«

Ich gehe nicht darauf ein. Mailia danach zu fragen wäre so sinnlos, wie einen Dialog mit einer Wand zu führen. Wenn meine Tante etwas preisgeben will, macht sie das von selbst. Wenn nicht – dann eben nicht.

Einige Sekunden vergehen.

Sekunden, in denen keiner ein Wort verliert.

Sekunden, in denen meine Ohren die Umgebung auf Geräusche abscannen. Bei der kleinsten Veränderung der Geräuschkulisse, bei dem leisesten Ton –

»Warum sie?«, fragt sie schließlich.

»Ich ... ich weiß es ehrlich gesagt nicht«, antworte ich und scrolle währenddessen über das Tablet, auf der Suche nach Informationen.

Bis ich auf etwas stoße, was vielleicht von großer Bedeutung sein könnte. »Hier steht etwas von einer neuen Injektion.«

Stille.

»Kiran – rede weiter.«

Also lese ich vor, was verzeichnet wurde: »Aufgrund von Manipulation war das System gezwungen, eine neue Version des ehemaligen

INJ-2T15 zu verwenden. Die Berufung erfolgt auf demselben Weg wie bisher – lediglich mit verbesserter Formel und tiefgehender Sicherheit gegenüber Eingriffen und Eindringlingen.«

Ich atme ein. Und lese den nächsten Absatz zunächst still und heimlich. Bis sich meine Augen weiten und ich unumgänglich an das Mädchen am Fuße der Mauer denken muss. An Skye.

»Kiran, lies weiter.« Mailia versucht nett zu sein, wie es sich für eine Tante gehört. Aber ich höre diesen Unterton heraus. Diesen angespannten Unterton, der von Angst und Unwissenheit geprägt ist.

»Die aktualisierte Version wurde bereits erfolgreich einer ausgewählten Testperson namens *Skye Ignis* –«

Ich stocke. An dieser Stelle scheint etwas verändert worden zu sein. Gelöscht. Als würde man nicht wollen, dass jemand den nächsten Abschnitt lesen kann.

»Was ist los, Kiran?«, fragt sie. Besorgt und seltsamerweise – irgendwie wütend.

»Ich – der nächste Absatz ist gelöscht.«

Ein tiefes Atemgeräusch erfüllt den in blauen Farben getränkten Raum. Mailia fasst sich an die Stirn und massiert ihre Falten. Dann schaut sie auf, mindestens zwanzig Jahre älter.

Sie weiß etwas. Sie weiß etwas und will es mir nicht sagen. Stattdessen gibt sie leise »Lies bitte weiter« von sich.

Also lese ich den letzten Abschnitt vor, gleich nach dem unleserlich Gelöschtem.

»- injiziert. Farbkorrektur: Blau zu Grün. Chipkorrektur: INJ-2T15 zu INJ-2T17«

»Aber warum sie?«, frage ich im selben Atemzug.

Stille.

Mailia holt Luft, als würde sie etwas sagen wollen. Doch statt Worte über ihre Lippen zu bringen, stockt sie und blickt zu Boden.

Als sie wieder aufschaut, sagt sie »Sie ist ein Testobjekt. Ein Versuch. Sie wollen ihre neue Injektion testen, um uns ausfindig zu machen«, statt zu offenbaren, was sie eigentlich sagen könnte.

Ich nicke, weil ich weiß, was sie als Nächstes sagen wird.

Sie schließt ihre Augen und blickt zu Boden. Ich kann ihre Gedanken lesen und weiß, was sie gerade denkt.

Dieses kleine Mädchen – Skye – ist gerade einmal siebzehn Jahre alt. Sie hat es einfach nicht verdient, aber –

»Du musst das verhindern, Kiran!«

Ich nicke so mechanisch wie ein Roboter.

Die Projektion flackert, bevor das Urteil ihre Lippen verlässt.

»Du musst sie töten, bevor sie Sage zu uns führt!«

***

Dieses nervige Mädchen. Fuchtelnd steht sie vor mir und gestikuliert wild mit ihren Armen.

Ich habe bereits ihren Namen vergessen.

Hieß sie Jess? Jessica? Ich weiß es nicht.

Und es interessiert mich auch nicht.

Sie kommt mir immer näher, während sich ihr Mund unaufhaltsam öffnet und wieder schließt – wobei mir letzteres deutlich besser gefällt. Statt auf sie zuzugehen, trete ich einen

Schritt zurück. Besser wären es hunderte, tausende. Aber mein Magen knurrt und schnürt sich selbst zusammen. Zwischen mir und dem Büffet liegen vielleicht zwanzig Meter – und dieses Mädchen, das einfach nicht aufhören will zu reden.

Und dann sehe ich sie. Meinen Auftrag.

Skye.

Sie kommt auf uns zu, blickt mir in die Augen und setzt merkwürdigerweise ein siegessicheres Lächeln auf.

Jessica und ich sind wie zwei Magnete, einander abstoßend, nicht anziehend. »Tut mir leid«, höre ich Skye auf einmal sagen und bin über ihre Stimme mehr als überrascht, »Aber ich habe jetzt eine Verabredung mit ihm.«

Rasch fährt Jessica herum. Das erste Mal seit mindestens fünf Minuten befinde ich mich nicht im Visier ihrer geschwätzigen Zunge.

»Natürlich«, entfährt es ihr, als würde sie Skye kein einziges Wort glauben.

Ich kann mich auch nicht daran erinnern, mich mit meinem Auftrag verabredet zu haben. Aber vielleicht hat Mailia hier ihre Finger im Spiel. Das wäre nicht das erste Mal.

Jessica tritt einen Schritt näher an Skye heran und somit entsteht ein größerer Abstand zwischen ihr und mir und mehr Freiraum zwischen mir und dem Büffet.

»Du hast doch gemeint, ich solle mich bessern«, fängt Skye an und verschränkt demonstrativ die Hände vor ihrer Brust, »Damit so etwas wie beim letzten Outlaw-Angriff nicht mehr passiert.«

Ich zucke innerlich zusammen.

Aber sie kann nichts dafür.

Und plötzlich mustern mich die Augen dieser Nervensäge. Ihr Kopf schnellt zwischen Skye und mir hin und her, als könnte sie nicht glauben, was gerade passiert – genauso wenig wie ich.

Fassungslos ist sie und gleichzeitig unsagbar wütend.

»Kann es losgehen?«, fragt Skye, plötzlich monoton wie zu Beginn.

»Klar«, antworte ich schulterzuckend und bin mehr als erleichtert, als Jessica den Rückzug ansetzt.

Skye macht einen Schritt in meine Richtung.

Hitze steigt in mir auf. Ich kann nicht.

Sie ist ein Auftrag, eine Mission. Sie weiß zu viel – besser gesagt: Sie weiß *nichts*, was sie unsagbar gefährlich macht.

Dennoch sage ich »Danke« und lasse hörbar Luft meinem Mund entweichen.

Sie lacht. Es ist ein schönes Lachen.

Viel zu schön, um –

»Gern geschehen. – Ich ... ich wollte mich sowieso bei dir bedanken.«

Ich zucke erneut zusammen. »Bedanken?«

»Ja. Dafür, dass du den Outlaw für mich ... getötet hast. Ich hätte das nicht geschafft.«

Ich weiß.

Und deshalb solltest du nicht hier sein.

Und deshalb muss ich dich nun töten.

Aber – ich will wissen, warum sie. Warum verdammt nochmal ausgerechnet sie. Sie ist siebzehn Jahre alt, ein junges und hübsches Mädchen. Warum sollte das System ein unerfahrenes Mädchen wie sie dazu auswählen, unsere Basis zu orten?

Ich muss wissen, warum das so ist. Was sie so besonders macht.

Also spiele ich mit.

»Ach das«, antworte ich und mache eine wegwerfende Geste, »das war doch selbstverständlich.«

»Nein«, antwortet sie abrupt und setzt ein schüchternes Lächeln auf. »Wärst du nicht gewesen, wäre ich jetzt tot.«

Ich schlucke.

Sei dir da mal nicht so sicher, Skye.

Statt zu antworten, nicke ich.

Dann sage ich: »Danke, übrigens« und deute in Jessicas Laufrichtung, »wärst du nicht gewesen, wäre jetzt vermutlich *ich* tot.«

Und plötzlich lacht sie. Statt in ihr Lachen mit einzufallen, sage ich: »Du hast etwas gut bei mir.« – Mit anderen Worten: Ich will dich besser kennenlernen, bevor ich meinem Auftrag nachgehe.

»Ich bin übrigens Kiran«, füge ich hinzu.

»Skye«, antwortet sie.

Ich nicke unscheinbar, lächle.

KAPITEL 14

SKYE

MIT EINEM LEISEN Zischen fährt die Tür meines Apartments beiseite. Vor der Tür steht wie immer Macon. Sein Blick mustert mich und dringt in mich ein wie mit sanften Nadelstichen.

Er folgt meinen erzwungenen Schritten, die von den Männern hinter mir veranlasst werden. Sie drängen mich den Gang entlang, bis wir den gläsernen Aufzug erreichen und sich die Türen öffnen.

Keiner sagt ein Wort. Die einzigen Geräusche sind das Aufkommen der zahlreichen Schuhe auf dem hellen Boden und das Pfeifen und Piepen der Sol-Tablets der Soldaten.

Als ich in den Aufzug eintrete, treten die Soldaten einen Schritt zurück, ohne auch nur ein Wort zu verlieren. Hinter ihnen steht Macon – die Hände hinter dem Rücken verschränkt und mit dem Blick zu Boden.

Die Türen des Aufzugs schließen sich. Und als mit den gläsernen Türen wieder etwas Abstand zwischen die Soldaten und mich kommt, atme ich das erste Mal seit Minuten hörbar auf.

Meine Hände zittern. Ich weiß nicht, ob ich das kann. Allein der Gedanke an die Hinrichtung meiner neugewonnenen Familie lässt mich schwanken. Er zerrt an meinem Körper und drückt ihn Richtung Boden. Meine Brust –

Die Türen gleiten elegant zur Seite, nachdem ich mehrere Etagen passiert habe. Eine Schar von Menschen nimmt mich im Auftrag des Systems in Empfang.

Ich muss stark bleiben.

Ein muskulöser Soldat tritt nach vorne und bedeutet mir, ihm zu folgen.

Handschellen gibt es diesmal nicht. Vermutlich gehen sie davon aus, dass ich Folge leisten werde, wenn ich der entsprechenden Gegenleistung lebend entgegenblicken will.

Um mich herum scharen sich elegant gekleidete Frauen mit Pinseln und Farben und pudern, während ich hinter dem breiten Soldaten hergehe, mein Gesicht, ziehen filigrane Linien entlang meiner Augenbrauen.

Als wir das Ende des hellen Ganges erreichen, treten wir in einen weiteren Aufzug ein. Der Soldat verweilt an der Schwelle und lässt mich samt Make-up-Crew passieren.

Mein Herz schlägt gegen die Rippen. Pulsiert und pocht gleichermaßen. So laut, dass ich Angst habe, sämtliche Aufmerksamkeit auf meinen unruhigen Puls zu ziehen. Aber dafür müssten die Frauen mit dem Make-up erst einmal an etwas anderes denken als daran, mein Gesicht mit möglichst viel Farbe und Schatten zu verzieren oder zu umranden.

Dann geht alles ganz schnell. Die Türen des Aufzuges gleiten auf. Vor mir ein dunkel glänzender Wagen, dessen Türe sich öffnet und mich wie ein schwarzes Loch ich sich einsaugt.

Als sich die Tür hinter mir schließt, läuft mir ein eiskalter Schauer über den Rücken. Und als mein Blick zur Seite wandert, erkenne ich den Grund für meine körperliche Abwehr.

Sage.

Sein Gesicht ist zu einem merkwürdigen Lächeln verzogen. Seine Haut schimmert unnatürlich weiß für die Jahreszeit, was möglicherweise aber auch nur am starken Kontrast zum schwarzen Anzug liegt, der seinen Körper umschmeichelt.

Ich rücke automatisch ein Stück von ihm ab und drücke mich gegen die Autotür, bis sich der Griff in meine rechte Seite bohrt.

»Guten Tag, Ms. Ignis« – seine Stimme wird bedrohlich dumpf von den dunklen Wänden des Autos zurückgeworfen, »sind Sie bereit für ihren großen Auftritt?«

**

Vor wenigen Monaten marschierte ich inmitten einer Armee in die große Arena, mit dem leuchtenden Wappen New Ainés oberhalb der offenen Kuppel.

Heute fahre ich im Shuttle des Systems auf die andere Seite des Eingangs und warte auf folgende Anweisungen.

Faszinierend, was die Zeit mit sich bringt und welche Wege sie einschlägt.

Vor nur einer Woche lag ich auf dem Grund einer zerbombten Basis, während ich seinen Namen schrie.

Heute diene ich gezwungenermaßen denen, die mir einen Schuss in den Körper gejagt haben – und Kiran. Und all den anderen. All denjenigen, die es nicht geschafft haben zu fliehen.

Andere wiederum stehen heute in der Arena und werden hingerichtet.

Ein Kloß in meinem Hals. So gewaltig, dass ich Angst habe, vor Sage zu hinzufallen statt aufrecht gehen zu können.

Männer führen Sage und mich einen Weg entlang, nachdem wir die Hintertür des Stadions passiert haben.

Kreischende Jubelschreie erfüllen die Luft. Jeder einzelne erfüllt meinen Körper mit Blei.

Jeder Schritt erfüllt meinen Körper mit Treibsand. Und jeder Augenblick erfüllt meinen Kopf mit nur einem einzigen Wort: Verräter.

Ein weiterer Aufzug führt in eine höhergelegene Passage. Neben mir Sage, der seine Hände ordnungsgemäß vor seinem Anzug verschränkt.

Ich kann in seiner Anwesenheit nicht atmen. Jeder einzelne Atemzug brennt wie Säure in meinen Lungen. Mein Körper wehrt sich gegen seine Präsenz. Wir sind wie zwei sich abstoßende Magnete.

Und dennoch wage ich einen kurzen Seitenblick in seine Richtung. Dunkle Falten zieren seine Augenpartie. Allgemein wirkt er eher müde und erschöpft als machtvoll und selbstbewusst.

Als ich gerade zu Boden blicken will, fängt er meinen Blick auf und durchdringt mich mit dem seinen. Und dann ist er wieder da. Mächtig und kraftvoll wie eh und je.

In seinem erscheint wieder dieses aufgesetzte Grinsen, während sich seine gekerbten Lippen bewegen. »Sprechen Sie nur, wenn sie dazu aufgefordert werden, Ms. Ignis. Verhalten

Sie sich ruhig und gelassen und zeigen Sie keine Angst und keinen Widerwillen.«

Statt zu antworten, lasse ich die Worte sacken – dann nicke ich.

»Sie wissen, was auf dem Spiel steht«, fügt er hinzu, während einer seiner Mundwinkel zuckt.

Ich nicke erneut. »Ja«, erwidere ich monoton.

Ich darf keine Schwäche zeigen.

Mein Geist ist eine einzige Ruine. Besessen von Geistern, die nach mir schreien. Und ständig sind da die Bilder meiner Mom in meinem Kopf.

Die starke und gelassene Mauer aufrechtzuerhalten wird mit jedem Atemzug schwerer und schwerer. Die Dämme brechen mit der Zeit.

Aber ich darf die Geister nicht gewinnen lassen.

»Wollen wir?«, fragt er rhetorisch und deutet in Richtung des Ausgangs, als sich die Türen des Aufzugs öffnen.

Ich trete nach ihm hindurch und folge ihm auf heißen Kohlen.

Wir werden abermals von einer Gruppe aus Soldaten und Maskenbildnern empfangen und fortgeführt.

Die grellen Lampen über mir flackern hier und da. Selbst durch die dicken Wände dieses Raumes dringen die Jubelschreie der Menschenmassen. Als würden sie etwas feiern. Eine Krönung. Eine Zeremonie.

Stattdessen wohnen sie einer Hinrichtung bei. Einer Ermordung.

Ich atme zitternd aus. So leise, dass es keiner wahrgenommen hat. Wenn sie nur wüssten, dass nicht die Sparks, sondern der eigene Präsident der wahre Feind ist – ich glaube nicht, dass sie dann immer noch jubeln und schreien würden.

Vor einer massiven Doppeltür halten wir inne. Das Make-up-Team verabschiedet sich – lediglich zwei Soldaten links und rechts bleiben vor Ort und starren ins Nichts.

Sage dreht seinen Kopf in meine Richtung und mustert mich von oben bis unten. Seine Blicke so heiß wie Laserstrahlen.

»Sind Sie bereit?«, fragt er. Ich weiß, dass er nicht auf eine ehrliche Antwort hofft, also antworte ich gar nicht.

Ohne mir weitere Beachtung zu schenken gibt er den Soldaten ein Zeichen. Einer der beiden betätigt einen Knopf am Rande der Doppeltür, woraufhin sie aus dem Schloss springt und sich langsam nach innen öffnet.

Das dumpfe Jubeln wird immer klarer. Die Schreie immer lauter.

Der schmale Lichtschlitz vergrößert sich, bis ich meine Augen zusammenkneifen muss, ehe sie sich an das grelle Licht der Arena gewöhnt haben.

Ich falle einen Schritt zurück, bevor ich einen nach vorne gehen kann. Und noch einen. Und noch einen. Wie eine Gefangene schleiche ich hinter Sage her und würde am liebsten meinen Kopf in den Sand stecken.

Aber das kann ich nicht.

Ich muss Stärke beweisen.

Die Mauern dürfen nicht brechen. Nicht jetzt.

Es geht alles ganz schnell und unfassbar langsam zugleich.

Die Nationalhymne wird angestimmt, während Präsident Sage und ich das Podium oberhalb der Arena betreten. Unterhalb unserer Lounge wurden bereits Stühle positioniert. Zehn an der Zahl.

Mein Körper zittert. Ich zwicke mich selbst in meine Handflächen, um nicht die Besinnung zu verlieren.

Ich muss stark bleiben.

Als die Nationalhymne endet, setzt Sage an. Er redet über die Hinrichtung der Outlaws als Zeichen der Gerechtigkeit. Und als Druckmittel, um die verbliebenen Sparks aus ihren Verstecken zu locken.

Dann deutet er plötzlich auf mich. Im selben Moment bleibt mein Herz stehen.

»Das ist sie, verehrte Bürger!«

Ich schlucke. Will fliehen.

»Das ist Skye Ignis. Das Mädchen, mit dessen Hilfe wir die Basis der Outlaws ausfindig machen konnten.«

Im selben Augenblick erscheint ein grafischer Lichtblitz auf den Anzeigetafeln der Arena. Statt Sages Gesicht zu zeigen, wird ein Stück Papier eingeblendet.

Ich erstarre. Innerlich sterbe ich.

Das ist *mein* Papier.

Auf dem ich damals, als ich den Stein in der Militärbasis gefunden hatte, alles über die Outlaws aufgeschrieben habe, was ich bis dato wusste.

»So hat sie die Outlaws gefunden, verehrte Bürger«, fügt er laut und siegessicher hinzu, während sein Blick auf mir ruht wie der eines stolzen Vaters.

Meine Lippe vibriert vor Zorn. Vor Scham. Vor Wut. Vor Trauer. All das in hochexplosiver Mischung.

»Rede nur, wenn du dazu aufgefordert wirst.«

Ich kralle meine Fingernägel in die Handflächen, bis es schmerzt. Lese, was ich damals verfasst habe. Als ich noch unwissend war. Damals, als Himmel und Hölle noch vertauscht waren.

Ich nehme das innere Knacken war, das das Brechen der Dämme ankündigt.

Sage dreht sich von mir weg und blickt siegessicher über sein Volk. Sein Volk, das wie Lemminge für ihn über eine Klippe springen würde, ohne auch nur den Sinn zu hinterfragen.

Aber sie können nichts dafür.

So wurden sie herangezogen.

Genauso wie ich.

Jubelnde Schreie. Kreischen. Hier und da wird mein Name gerufen. Und alles, was ich empfinde, ist Schmerz in meiner Brust. Dieses Gefühl, meine eigene Familie verraten zu haben.

Mir wird schwindelig. Aber ich muss stehenbleiben. Wer weiß, was Sage mit mir anstellen würde, wenn ich unsere Vereinbarung missachte?

Ich knirsche mit den Zähnen und versuche angestrengt an Mom zu denken, um mich von den Schmerzen abzulenken. Um mich von all dem Leid abzulenken.

Im selben Moment spricht Sage zu seinem Volk: »Bringt die Verräter herein!«

Mein Herz macht einen Satz, pocht wie wild und treibt den Schweiß auf meine Stirn. Ich merke, wie er unter den unzähligen Schichten von Make-up versucht hervorzudringen. Unter all dem falschen Make-up, das mein wahres

Empfinden und meine wahren Emotionen verbirgt wie ein Schleier.

Türen gehen auf. Zwei Soldaten marschieren voran und bringen jeweils fünf Gefangene mit sich. Fünf Gefangene auf dem Weg zu den eisernen Stühlen.

Ich sacke innerlich zusammen, als ich ein paar ihrer Gesichter ausmachen kann. Freunde, Familie.

Ein weiterer Soldat gesellt sich dazu. Er bleibt vor der Menge stehen und befiehlt den Sparks in strengem und lautem Tonfall, auf den Stühlen Platz zu nehmen.

Sie zögern. Lange. Als wollten sie rebellieren.

Ein Warnschuss jagt durch die Menge.

Und plötzlich sitzen sie.

Das Klicken der sich automatisch zuziehenden Fesseln an Händen und Beinen ist bis nach oben in unsere Lounge zu hören.

Mein Atem geht schnell und stoßweise. All das fühlt sich so falsch an. Als wäre ich auf der falschen Seite des Großen Platzes. Eigentlich müsste ich dort unten sitzen und mit den anderen Sparks sterben.

Die inneren Dämme geben langsam nach. Immer und immer mehr.

Ich lasse meinen Blick mit pochendem Herzen über die zehn Sparks wandern.

Bis –

Ich fahre zurück, bleibe an einem Mann in ihrer Mitte hängen. Schüttle den Kopf und kneife meine Augen zusammen.

Etwas bricht in mir auf und verschließt sich wieder.

Der Schuss hallt in meinen Gedanken nach. Sein Name aus meinem Mund.

Das kann nicht –

Der junge Mann sitzt auf dem eisernen Stuhl. Gesenkter Kopf. Die Schultern sind eingefallen.

Ich weiß nicht, ob –

Ich werde unruhig. Will sein Gesicht sehen.

Aber, das kann nicht sein.

Er ist tot.

Mein Herz pocht so laut, dass ich Angst habe, Sage könnte etwas von meiner Nervosität mitbekommen.

Neben mir erscheint aus dem Nichts ein Soldat, der Sage ein Sol-Tablet übergibt.

Sage tippt darauf herum und beginnt zu sprechen. »Verehrte Bürger New Ainés, wir haben uns am heutigen Tage hier versammelt, um das Ende einer langwierigen und schwerwiegenden Bedrohung zu feiern.«

Jubel. Nichts als Jubel.

Ich trete von einem Bein auf das andere, durchbohre den Mann auf dem Stuhl mit meinen Blicken und halte gleichzeitig die Tränen zurück, die sich schleichend und qualvoll anbahnen.

»Dies sind die ersten zehn Verräter, die am heutigen Tage für die entfachte Rebellion hingerichtet werden. Und so wird es im stetigen Rhythmus fortgesetzt, bis sich die letzten verbliebenen Outlaws stellen, um dem Krieg ein Ende zu setzen.«

Mein Blick ist starr wie Eis. Ich will, dass er aufschaut, statt den Kopf hängenzulassen.

Ich bin hin- und hergerissen. Die Dämme werden mit der Zeit brechen, ich weiß nicht, wie lange ich noch all das, was in mir in einer hochexplosiven Mischung brodelt, zurückhalten kann.

»Am heutigen Tage werden folgende Verräter hingerichtet«, verkündet Sage mit lauter
Stimme.

Ich schlucke, komme aber nicht gegen den
riesigen Kloß in meinem Hals an. Neben mir
steht Sage, als wären wir auf einer Seite. Als
würde er mich nicht unter Druck setzen. Als
wollte ich hier stehen. Wie eine Zielscheibe.

Er tippt auf dem Tablet herum und verkündet
anschließend die Namen.

»Jeffree Rast, Nathan McKayn, Jodie Lucinda
...«

Mein Herz pochte gegen die Rippen, in meinem Hals – überall. Einer nach dem anderen
schaut auf, als sein oder ihr Name fällt. All ihre
Blicke scheinen mich zu durchbohren wie Blei.

Nur *er* lässt seinen Kopf hängen.

»Kiran Lakewood –«

Er schaut auf.

Die Welt verstummt und beginnt zu rauschen
wie unter Wasser. Ich taumle und falle zurück.
Und komme nicht weit. Ich werde von einem
der Soldaten aufgefangen und erneut nach
vorne gedrängt.

Die Dämme brechen.

Sein Blick. Sein Gesicht.

Er ist es.

Er ist es.

Er *ist* es.

»Kiran«, entfährt es mir leise, während Tränen meine Wangen entlanglaufen wie Wasser aus einem undichten Glas.

Sage liest unbeirrt die weiteren Namen fort –

Bis er verstummt.

Bis Soldaten vortreten und die Gewehre anlegen.

»Sag nichts, bevor du nicht dazu aufgefordert wirst.«

Ich atme hastig ein und wieder aus. Ein und wieder aus. Er schaut erneut auf. Unsere Blicke kreuzen sich. Etwas in mir regt sich.

Funken sprühen.

Sage hebt seine Hand.

Wenn er seine Hand sinken lässt, werden Schüsse fallen.

Ein Blitz durchfährt mich. Dämme brechen. Wasser läuft. Die Geister aus meiner Ruine schwärmen aus. Der dunkle Nebel meiner Gedanken verblasst und lässt von mir ab.

Ich stoße Sage beiseite und höre ihn verwundert nach Luft schnappen.

Mein Arm reckt sich ganz automatisch.

»STOPP!«, schreie ich voll Inbrunst und lasse all das von mir ab, was mich die letzten Tage über gefangen hielt.

»STOPP!«, schreie ich erneut, bis mein Hals kratzt und brennt.

Im selben Moment erlischt das Licht der Arena.

Das Letzte, was ich sehe, ist Kirans Gesicht, bevor alles um mich herum in tiefster Dunkelheit versinkt.

KAPITEL 15
DAMALS

KIRAN

SEHEN WIR UNS später?«, fragt Skye, während sie den Kopf zur Seite neigt und gleichzeitig einem Soldaten den Weg zum Speiseaal freimacht.

Das Leuchten in ihren Augen und die Aufregung, die sie allgegenwärtig umgibt, versetzen mir beinahe einen Stich in meiner Brust. Aber nur fast.

»Klar«, antworte ich so leichtfüßig und locker, wie es meine Kehle nur irgendwie hergibt und beuge mich ihrem Gesicht entgegen.

Ruckartig wirft sie einen Blick über ihre Schulter und drückt mir ihren kleinen, feuchten Zeigefinger auf den Mund. »Kiran«, flüstert sie jauchzend in hoher Tonlage. »Viele Menschen plus öffentlicher Raum plus Unbefangenheit ergeben –«

Ich stoppe sie, noch ehe ich weiter Sekunden meiner ablaufenden Zeit damit verschwende, ihren Theorien und Lebensweisen zu folgen, und seufze strahlend. »Einen Versuch war es wert.«

Sie nickt. Ich nehme die sanfte Röte auf ihren Wangen wahr. »Das war es«, antwortet Skye.

»Los, geh essen, kleine Gazelle!«, sage ich und füge meinen Worten einen Klaps gegen ihre zarte Schulter bei.

Sie kichert und blickt scheinbar peinlich berührt zu Boden. »Ja, Sir!«

Ich lache. Es schmerzt so sehr, dass ich Mailia ein Stück weit für diesen Einsatz hasse. Aber nur ein Stück weit.

»Ich komme gleich«, verspreche ich und sehe Skye dabei zu, wie sie hinter der sich schließenden Schleuse zwischen all den Soldaten verschwindet.

Etwas in mir bereut es, ihren Tod so lange hinausgezögert zu haben. Etwas in mir schreit mich an und rüttelt an meinen Schultern, dass ich wach werden muss. Der Auftrag war klipp und klar formuliert. Ein schneller, leiser Schuss und es wäre erledigt.

Aber ich kann es nicht fassen, dass das System ausgerechnet sie ausgewählt hat, um die Sparks zu verraten.

Dieses Mädchen. Skye Ignis. Das Mädchen, das freiwillig keiner Fliege etwas zuleide tun würde.

Ich muss wissen, wieso. Muss wissen, was das System im Schilde führt.

Und plötzlich eine schwere Pranke auf meiner linken Schulter. Ich fahre herum und blicke dem verschrammten Gesicht eines Soldaten entgegen.

»Du wirst im Tech-Sector benötigt, Lakewood.«

Ich nicke. Ich hatte sowieso keinen Hunger.

»Bin auf dem Weg.«

***

»Weißt du, wo sich die Todesakten befinden?«, fragt sie, während sie wie angewurzelt vor Craigs Schreibtisch stehen bleibt.

Das Ganze macht einen ziemlich heiklen Eindruck auf mich. Erst gestern wollte sie den wahren Grund für den Tod ihrer Mutter erfahren und jetzt schon stehen wir hier. Mitten in Craigs Büro und suchen nach den Unterlagen ihrer verfluchten Mutter.

Wenn sie uns erwischen ... der gesamte Auftrag samt meiner Identität wäre gefährdet. Mehr als das: Ich wäre erledigt.

»Die müssten im Archiv gespeichert sein«, antworte ich leise und beuge mich über den Schreibtisch. Ich greife nach der goldenen KeyCard und lasse sie in der Luft baumeln. Im Tech-Sector stationiert zu sein, hat auch seine Vorteile in diesem verdammten System.

Heute Nacht muss es geschehen.

Ich kann nicht noch eine weitere Woche die Gefährdung dieser Mission riskieren, um meinen Durst nach Neuigkeiten mit derartigen Spielereien zu stillen.

»Das ist Craigs KeyCard«, erkläre ich möglichst leise, »mit der müssten wir in das Archiv gelangen.«

Sie antwortet nicht. Bröckelt meine Fassade bereits? Ich weiß es nicht, lasse mir nichts anmerken. Stattdessen bleibe ich vor dem Projektor stehen und hebe die KeyCard gegen den Scanner, sodass er ein Piepen von sich gibt.

Ein Lichtstrahl schießt empor. Projiziert eine gigantische, dreidimensionale Kugel, die sich um ihre eigene Achse dreht. Das grelle Licht der Projektion lässt den Raum bläulich schimmernd aufleuchten. Wie eine Spiegelung des Wassers an den Wänden.

Ich betätige ein paar Knöpfe und fahre mir durch die Haare.

Sie soll ihren Spaß haben.

Ein letztes Mal.

Bevor sie bedauerlicherweise aufgrund des Systems ihrer Mutter folgen muss.

»Du bist dran«, flüstere ich.

Erst reagiert sie nicht. Entfacht das lodernde Feuer in meinen Händen und treibt pure Wut durch meine Adern.

Als hätte sie meine verdammten stillen Gebete erhört, setzt sie einen Fuß vor den anderen und tritt neben mich. Instinktiv falle ich unauffällig etwas zurück und bringe mehr Abstand zwischen uns.

Ich blicke ihr auffordernd entgegen, bis sie sich letztlich dazu aufrafft, in das blinkende Suchfeld *Ignis* einzugeben.

Eine Liste mit unzählig vielen Gesichtern von Menschen, die allesamt Ignis heißen, erscheint in der dreidimensionalen Projektion.

Sie betätigt die Suchfunktion. Scheint abgelenkt zu sein.

Ich umrunde sie und bleibe hinter ihr stehen. Meine Hand wandert zu meinem Hosenbund und fährt an den Griff der Waffe. Auf und ab. Ab und auf.

»Das kann nicht sein«, flüstert sie.

Ich schrecke zurück und trete wieder näher heran. Verfluche mich innerlich.

»Was ist denn?«, frage ich äußerst interessiert.

»Ich finde meine Mom nicht. Maya Ignis.«

Sie sucht weiter und weiter. Ganz verzweifelt.

Arme kleine Skye.

Immer mehr Fragezeichen versperren vor meinem inneren Auge die Sicht auf das Mädchen, welches angeblich New Ainé zu den Sparks führen soll.

Immer und immer mehr.

»Und ... also, du bist dir ganz sicher, dass sie tot ist?«, frage ich, um Zeit zu schinden. Ehrlich gesagt war mein Mundwerk schneller als meine Gedanken.

Natürlich ist sie tot.

Vielleicht ist sie nun von meinen Worten verletzt. Vielleicht auch nicht.

Ich umrunde sie erneut. Greife nach dem Griff der Pistole und ziehe sie bis zur Hälfte aus meinem Hosenbund heraus.

»Skye«, fange ich an und lade die Waffe, »vielleicht –«

»Was geht ihr vor sich?!«, hallt es donnernd von den Wänden wider.

Ich fahre herum. Zucke zusammen und lasse die Waffe blitzschnell verschwinden.

Mein Atem geht stoßweise.

Craig steht breitbeinig im Eingangsbereich. Die Arme vor seiner Brust verschränkt. Ein dunkler, schwarzer Schatten bedeckt sein Gesicht.

Ich trete vor Skye, als würde ich sie beschützen wollen.

»Verrat an New Ainé«, brüllt er, »an euren eigenen Männern!«

Fast hätte ich Einspruch erhoben. Aber ich versiegle imaginär meine Lippen.

»Mir bleibt keine andere Wahl«, sagt er. Im selben Moment nehme ich das Aufheulen zahlreicher Sirenen wahr.

Meine Augen wandern blitzschnell zwischen Craig und Skye hin und her.

Ich weiß nicht, was ich machen soll.

Töten oder getötet werden.

Mein Körper handelt schneller als mein Verstand.

Ich packe ihre Hand und zerre sie mit mir.

Weiter und weiter. Sie stolpert. Ich will sie zurücklassen.

Aber dann schleife ich sie mit mir.

Renne wortwörtlich um mein Leben.

Bis wir mit beiden Füßen auf der anderen Seite der Mauer stehen.

TEIL 2

THOUSAND SHARDS

KAPITEL 16

SKYE

REINE DUNKELHEIT. RABENSCHWÄRZE.

Das Licht des runden Wappens, das über der Arena verweilt, ist die einzige Lichtquelle weit und breit.

Als sich meine Augen an die Dunkelheit gewöhnt haben, sehe ich Sages Schatten sich mir zuwenden.

»Was hast du getan?«, höre ich ihn fragen. Wütend und brummend. Wie ein enttäuschter Vater, dessen Pläne durchkreuzt wurden.

Ich schüttle den Kopf. Etwas in mir klopft mir stolz auf meine imaginäre Schulter. Und dennoch habe ich nichts anderes getan, als auszubrechen.

»Nichts«, antworte ich, ohne zu lügen.

Er kommt einen Schritt näher. Statt seines Gesichtsausdrucks mache ich die Laute aus, die er klaffend und brummend wie ein Hund von sich gibt.

Die Empörung und das aufgeregte Gemurmel in den Reihen der Arena scheint immer lauter zu werden statt abzuebben. Ich höre die unzählig vielen Schuhe auf dem harten Boden aufkommen, während mein Atem stoßweise den Mund verlässt.

Statt zu denken, folge ich mit meinem Oberkörper den Schritten, die auf uns zuzukommen scheinen, statt meinen Fokus auf Sage zu lenken.

»Der Strom ist ausgefallen, mein Präsident«, höre ich einen der Soldaten sagen und rolle mit den Augen.

Aus Sages Mund dringt ein verächtliches Lachen, welches in Sekundenschnelle in ein wütendes und unsicheres Gelächter übergreift. »Das sehe ich«, antwortet er.

Mein Blick bohrt sich in den dunklen Fleck unterhalb unserer Lounge, wo sich noch vor ein paar Sekunden Kiran befunden hat.

Mein Herzschlag nimmt an Fahrt auf. Was ist, wenn er immer noch da ist? Was ist, wenn sie ihn festhalten? Wenn er nicht fliehen konnte?

Ich blicke zum Himmel hinauf. Zu dem sich drehenden Wappen, bis das Licht wieder zum Leben erweckt wird.

Und dann sehe ich ihn, Sage, der mich mit seinen Blicken tötet und einen Schritt auf mich zugeht. Denselben gehe ich zurück, um den ohnehin schon geringen Abstand nicht noch um einen weiteren Schritt zu minimieren.

»Was hast du getan?«, fragt er erneut.

Etwas in mir scheint erleichtert zu sein. Etwas in mir lässt sich erschöpft fallen, nachdem mich die Erkenntnis wie ein sanfter Kuss geweckt hat.

Kiran ist nicht tot.

Mein Blick wandert hinab in die Arena. Die Stühle sind wie leergefegt. Nur ein paar Soldaten prüfen Lehnen und Fesseln, als könnten sie nicht glauben, was soeben passiert ist.

Genauso wenig wie ich.

»Nichts«, antworte ich erneut, während ich langsam den Kopf in seine Richtung drehe. »Rein gar nichts.«

Eine Falte zwischen seinen Augenbrauen. Er ruft einen seiner Soldaten zu sich und flüstert ihm etwas ins Ohr. Daraufhin verbeugt dieser sich vor Sage und macht auf dem Absatz kehrt.

Ohne mich eines Blickes zu würdigen, tritt Sage an den Rand der Lounge und hebt seine Hände wie ein großer Adler empor, der stolz seine Flügelspannweite präsentiert.

Kiran ist nicht tot.

Er ist nicht tot.

Mein Herz beginnt zu flackern wie eine Glühbirne. Erwacht zu neuem Leben.

Und plötzlich denke ich an Mom.

Ein greller Blitz inmitten meines Herzens, anstelle des einfachen Leuchtens einer Glühbirne.

Ich muss sie sehen.

Andernfalls –

»Verehrte Bürger von New Ainé«, gibt Sage so kalt von sich, dass das Volk augenblicklich schweigt und zu den Sitzplätzen zurückkehrt, statt aufgebracht hin und her zu laufen. »Aufgrund der – aktuellen Vorkommnisse, wird die Hinrichtung auf morgen verschoben.«

Und dann kehrt plötzlich der Kloß in meinem Hals zurück. Als hätte man mir das Zepter aus der Hand entrissen.

»Danke für ihre Aufmerksamkeit«, fügt er hinzu und tritt von seinem Pult zurück. Im selben Moment erlischt der Lichtkegel, der sich in unsere Lounge brennt, und sogleich wird er inmitten der Arena neu entfacht und erleuchtet die Projektion des Wappens oberhalb der Arena.

Die Bürger New Ainés stehen aufrecht an ihren Plätzen, heben ihre zur Faust geballten Hände an die Brust und stimmen in die Nationalhymne ein.

All die Menschen, die blind einem Führer folgen, dessen Absicht es ist, all diese Feinde, die in Wahrheit doch gar keine Feinde sind, zu eliminieren.

Bei dem Gedanken daran wird mir schlecht.

Das Schlimme daran ist, dass sie keine Wahl haben. Genauso wenig wie ich. Aber mein Ausruf, mit dem ich die Hinrichtung für einen Tag hinauszögern konnte, hat ein Feuer in mir wiederentfacht, das seit der Festnahme bis auf das verbrannte und geschwärzte Holz erloschen war.

Und jetzt –

Doch selbst das tosende Feuer hat die Hinrichtung lediglich um einen Tag verschoben.

»Wir sind hier fertig«, höre ich Sage sagen, als er sich in Richtung Ausgang begibt.

»Moment!«, dringt es aus meinem Mund. Ich will zurückschrecken, als ich merke, dass das Wort aus mir und nicht aus irgendwem sonst entronnen ist. Doch als sich die Blicke all der Soldaten und von Sage auf mich richten, zwinge ich mich dazu, standhaft zu bleiben.

Ich atme tief ein und aus, dann trete ich einen Schritt nach vorne und überwinde ein Stück weit den Abstand zwischen Sage und mir.

»Ich will wissen, was hier vor sich geht«, sage ich so eiskalt, wie es mir nur irgendwie möglich ist.

»Meine Liebe«, erwidert Sage und macht einen Schritt auf mich zu, »wir haben doch eine Vereinb-«

»Ich weiß, was wir haben«, falle ich ihm ins Wort und spüre das lodernde Feuer in mir aufkeimen, als sein verwirrter, ausdrucksloser Blick den meinen kreuzt. »Aber ich muss Ihnen leider mitteilen, dass ich nicht länger Teil ihres Plans bin, wenn ich nicht weiß, wie der Plan überhaupt aussieht, mein *Präsident*.«

Er öffnet und schließt seinen Mund und blickt zu Boden. Einige der Soldaten scheinen nicht zu wissen, was sie machen sollen. Also treten sie vor und platzieren sich neben und hinter ihrem geliebten Präsidenten.

Als Sage aufschaut, sind seine Augen zwischen Eiseskälte und Verwirrung hin- und hergerissen.

Er gießt Wasser auf mein Feuer. Aber ich bleibe standhaft.

»Sie wissen, mit welchen Mitteln Sie gerade agieren, Ms Ignis, oder?«

Ich bleibe standhaft.

Ich bleibe standhaft.

»Erpressung ist für Sie sicherlich nichts Neues, Präsident.«

Statt mich zu verhaften, in einen Kerker zu sperren oder mich zu töten, findet ein eigenartiges Lächeln den Weg auf seine Lippen.

Mein Magen zieht sich zusammen und dehnt sich aus wie ein strudelartiges Gewölbe unter Wasser.

»Sie wollen wissen, mit wem Sie spielen?«, fragt er und macht einen weiteren Schritt auf mich zu.

Statt zu antworten, nicke ich und
Bleibe standhaft.

»Also spielen wir, Ms. Ignis.«

Ich weiß nicht, ob ich lachen oder weinen soll. Aber ich glaube, meinem Ziel einen Schritt näher gekommen zu sein.

»Captain!«, ruft Sage aus, woraufhin sich ein Soldat an seine Seite gesellt, »bringen Sie die reizende Ms. Ignis und meine Wenigkeit zurück zum Tower. Ms. Ignis möchte wissen, womit sie es zu tun hat.«

Ich weiß, dass ich besonders vorsichtig sein und die richtigen Schlüsse ziehen muss, wenn ich meine Mom und Kiran wiedersehen will.

Also spiele ich mit.

Die Scheiben des Wagens sind schwarz getönt. Ein Tisch befindet sich in der Mitte des Wagens, auf der einen Seite sitze ich, auf der anderen Seite hat Sage Platz genommen.

Ich spüre das Adrenalin durch meine Adern rauschen. Dieses Gefühl von Überlegenheit, das mich für einen kurzen Moment in der Arena umgeben hat – ich versuche es aufrecht zu erhalten, bis ich allein bin und zusammenbrechen kann.

Denn das werde ich.

Seine Blicke durchbohren mich aufmerksam. Als wollte er eine Karte lesen. Als wollte er *mich* lesen.

Das erste Mal, seit ich zurück in New Ainé bin und Sage von Angesicht zu Angesicht gegenüberstehe, schaue ich ihm direkt ins Gesicht. Direkt in seine klaren und harten Augen.

Dann kommt das Gefährt zum Stehen. Die Tür auf meiner Seite öffnet sich wie von selbst, während im Auto selbst langsam und vorsichtig die Lichter angehen.

Ohne ein Wort zu sagen, erhebe ich mich, um auszusteigen. Als ich einen Fuß auf den weiß gepflasterten Weg setzen möchte, höre ich seine Worte in meinen Ohren.

»Ich hoffe, Sie wissen, was Sie tun, Ms. Ignis.«

Ich antworte nicht sofort, sondern verharre in meiner Bewegung. Das erste Mal höre ich etwas wie ein Bedauern oder Traurigkeit aus seinen Worten heraus. Als bereue er, dass er mich so weit hat kommen lassen, ohne einzuschreiten.

Zuerst denke ich darüber nach, warum er eigentlich nicht einschreitet Doch der zweite Funke bringt jene Gedanken und Bilder zurück, die mich daran erinnern, mit wem ich es überhaupt zu tun habe.

»Das weiß ich«, antworte ich kühl und steige aus. Vor mir ragt der Tower majestätisch dem Himmel entgegen, in dem ich die letzten Tage verbracht habe.

Es ist ein Gefängnis.

Ein goldenes Verließ.

Und dennoch öffnen sich einladend die Türen und ich trete in die Lobby ein. Wie ein Vogel, der den Weg zurück in seinen Käfig findet.

Hinter mir öffnen sich abermals zischend die schwebenden Türen, als Sage mir folgt. Ich muss mich nicht umdrehen, um ihn auszumachen. Sein langsamer und dennoch eleganter Gang und das gleichmäßige Aufkommen seiner Schuhe verraten ihn.

»Morgen früh, neun Uhr«, gibt er in meinem Rücken von sich.

Ohne mich umzudrehen oder eine Spur an Gefühlen oder Emotionen preiszugeben, nicke ich und schreite großen Schrittes voran. Vorbei an den Wachmännern links und rechts am Aufzug, und ich betätige den Schalter, der den gläsernen Fahrstuhl mit geschlossenen Türen in Bewegung versetzt.

Als er vom Boden abhebt, sehe ich dabei zu, wie Sage und seine Wachmänner am Boden der Lobby immer kleiner werden, bis sie schließlich hinter der Fassade und dem Boden des ersten Stocks verschwinden.

Ein Wimmern dringt aus meinem Rachen, so unsagbar heiser und zart, dass ich mir die Hand

vor den Mund halte, um das schwache und ge-
brochene Mädchen zurückzuhalten.

Ich darf das nicht sein.

Kirans Gesicht vor meinem inneren Auge.

Unser Wohnzimmer.

Mom.

Ich habe ein Ziel. Eine Mission.

Ich darf nicht erneut gebrochen werden.

Die Türen öffnen sich wie von Geisterhand.
Vor dem gläsernen Aufzug befinden sich zwei
Soldaten – der rechte hält bereits stählerne
Handschellen in seinen Händen und öffnet sie,
streckt sie mir entgegen.

Ich starre ihnen entgegen, ohne mich zu bewegen. Dann durchbohre ich seine Augen mit
meinen Blicken und schreite an beiden Männern vorbei, ohne mich umzudrehen.

»Ms. Ignis, das –«

»Ich weiß, in welchem Zimmer ich seit zehn
Tagen schlafe«, antworte ich und lasse die
Türe, die den langen, hellen Flur vom Vorraum
abtrennt, hinter mir zufallen.

Dann taumle ich.

Stehe plötzlich wieder kerzengerade, als ich Macon inmitten des großen Wohnzimmers ausmache.

»Was –«, rutscht es mir erschreckt heraus.

Er führt seine Hand zum Mund. »Sie ist sicher angekommen, ich komme runter.« Dann lässt er sie wieder sinken und betrachtet mich von oben bis unten. Wie ein Scanner.

Dann ein minimales Lächeln auf seinen Lippen, das sogleich erlischt, als meine Beine zu zittern beginnen.

Ich schleppe mich zu dem weißen Sofa, vorbei an Macon, und lasse mich fallen.

»Langer Tag, hm?«, fragt er und dreht sich dabei in meine Richtung. Verweilt noch immer inmitten des Raumes.

»Kann man so sagen«, antworte ich und reibe mir mit den Händen mehrmals die Augen. Wie eine kleine Massage, woraufhin meine Schultern sofort zusammensacken.

»So gesprächig heute«, erwidert er und macht einen Schritt in meine Richtung.

Ich weiß nicht, wie viel ich sagen darf, ohne dafür bestraft zu werden.

Macon ist einer von ihnen. Zwar sehr nett und zuvorkommend, aber immer noch einer von ihnen.

»Der ganze Tag war sehr, sehr...«

»Lang, ich weiß«, fällt er mir ins Wort, während er auf dem Sofa neben mir Platz nimmt.

Ich lächle und atme aus. »Ja, stimmt.«

Mein Kopf dreht sich um neunzig Grad, sodass ich sein Gesicht ausmachen kann, das fürsorglich auf mich herabblickt und mich mit seinen grünen Augen mustert.

Ich würde ihm so gerne vertrauen.

Aber ich kenne ihn nicht.

Und er mich nicht.

Und wir stehen auf zwei völlig verschiedenen Seiten.

Und dennoch ist er seit Tagen mein einziger Ansprechpartner, der mich nicht zu irgendetwas zwingt oder in meinen Albträumen die Hauptrolle einnimmt.

»Warum arbeitest du für sie?«, frage ich deshalb und bereue die Frage eine Sekunde später.

Er kneift die Augenbrauen zusammen, sodass sich eine Kerbe zwischen ihnen bildet. Dann öffnet er seine Lippen einen Spalt breit, ohne etwas zu sagen.

»Vergiss es«, sage ich, bevor er auch nur einen Laut von sich gibt, und winke ab, »das war eine dumme Frage.«

Stille.

»Ich war 16«, antwortet er schulterzuckend. »Mein Testergebnis hat mich hierhergebracht.«

Etwas in mir krampft sich zusammen und atmet gleichermaßen auf. Er ist nicht grundlos böse. Er muss es tun.

Ich blicke zu seinem linken Arm. Und dann meinem.

Sonst töten sie ihn.

Statt zu antworten, nicke ich.

»Danke, dass du hier warst, als ich mich in – dieses Apartment geschleppt habe«, sage ich und bringe ein Lächeln zustande.

Er erwidert es und blickt sichtlich berührt aus dem Fenster.

»Ohne Beistand wäre mein Ankommen sicherlich ... ganz anders verlaufen«

»Was meinst du?«, fragt er, als sich sein Blick auf mich richtet.

»Ich glaube, ich hätte geweint«, gebe ich zu, ohne rot zu werden.

»Geweint?«

»Hm«, antworte ich.

»Sei froh, dass du mich hast«, antwortet er und lacht leise.

Ich stimme in sein Lachen mit ein.

»Das bin ich – irgendwie«, gebe ich zu.

»Irgendw–«, sein Arm verkrampft leicht, daraufhin kneift er die Lippen zusammen und verschluckt die Worte, die er sagen wollte.

Stattdessen sagt er: »Ich muss gehen«, und bringt ein gezwungenes, beinahe schmerzhaftes Lächeln zustande.

Ich weiß, dass sie ihm wehtun. Macon will das Verkrampfen seines Armes hinter seinem Rücken verbergen, aber ich weiß, was es bedeutet.

»Gute Nacht, Macon.« Mehr sage ich nicht, allein schon, weil ich Angst habe, ihm durch meine bloßen Worte noch mehr Schaden zuzufügen.

Er nickt und steht auf.

Dann fällt die Tür ins Schloss.

Wenige Sekunden später gibt der Fernseher Geräusche von sich und springt wie von selbst an.

Ich schlucke und spüre einen seltsamen Stolz in mir aufkeimen, als Bilder der heutigen Beinahe-Hinrichtung über den Bildschirm wandern. Als ich auf den Aufzeichnungen »Stopp!« brülle, nehme ich die Gänsehaut wahr, die mich plötzlich einnimmt.

Hinter mir steht Sage und blickt finster, als ich in die Arena brülle. Und dennoch mache ich für einen kurzen Moment die Anzeichen eines merkwürdigen Lächelns aus.

Fast schon, als wäre er stolz auf mich.

Doch dann schüttle ich den Kopf und verwerfe den Gedanken.

Ich darf nicht gebrochen werden.

KAPITEL 17
DAMALS

KIRAN

ICH TRAGE SIE in meinen Armen, als sie ohnmächtig wird. Das übersteigt weitaus den Umfang meines Auftrags, aber ich konnte sie schließlich nicht auf dem Boden der Bahnstation liegen lassen.

Also renne ich, um es endlich hinter mich zu bringen. Ich renne so schnell, dass ich beinahe mit Mailia zusammenstoße.

Vor der Flügeltür des Emergency-Sektors halten wir beide inne.

»Ist das die Kleine?«, fragt sie.

Ich nicke und zucke hastig und unter schwerem Atem. »Ja.«

»Dann rein mit ihr!«, befiehlt sie kühl und deutet auf die Eingangstür. Sie hält sie mir auf und ich trage Skye zur nächstbesten Liegefläche.

»Rufst du einen Arzt?«, frage ich Mailia. Als sie nicht antwortet, drehe ich mich zu ihr um und mustere ihr Gesicht, das fest mit den Augen auf Skye haftet.

Ihr Blick wirkt traurig und abwesend.

Ich räuspere mich.

Dann schüttelt sie den Kopf und zwinkert mit den Augen. »Ich mache das selbst«, sagt sie, doch ich bin mir nicht sicher, ob ich sie verstanden habe. »Die Ärzte sind derzeit alle beschäftigt«

Sie hat es wirklich gesagt.

»Bist du sicher?«, frage ich. »Du könntest sie töten.«

Und noch ehe ich den Satz ausgesprochen habe, merke ich, wie gleichgültig es mir wäre.

Sie war ein Auftrag. Zugegeben: sympathisch und nett – aber lediglich ein Auftrag. Einer von vielen. Dass dieser allerdings so endet, hätte ich nicht für möglich gehalten.

Die Injektion muss raus, ehe sie uns entdecken.

»Ihr wird schon nichts passieren«, erwidert Mailia und greift nach der Laserkanone und einer ausziehbaren Nano-Klinge.

Die Spiegel, die das Tageslicht von der Oberfläche des Berges in die Kammern lenken, spenden so viel Licht wie die Sonne selbst.

Eigentlich würden Ärzte ihre Patienten vor dem Eingriff betäuben. Aber Mailia tätigt ohne mit der Wimper zu zucken den ersten Schnitt an Skyes Unterarm. Ich frage mich, ob sie lediglich die Betäubung vergessen oder sie schlichtweg nicht für notwendig empfunden hat. Ich glaube, letzteres trifft eher zu.

Als die Haut unter dem Skalpell weicht, ragt die grüne Injektion heraus.

Mailia greift zu einem kleinen Gerät, das mit einem Schlauch verbunden ist und betätigt einen Knopf.

Sie setzt das Gerät oberhalb des Schnittes an und saugt die Injektion wie mit einem Staubsauger aus Sykes Fleisch heraus. Zurück bleiben Rötungen und ein paar vernarbte Fleischzellen.

Mailia dreht sich im Kreis und als sie gefunden hat, wonach sie gesucht hat, kehrt sie zu Skye zurück. Das Blut, das aus der Wunde austritt, saugt sie samt der schimmernden Injektions-Flüssigkeit auf. Ein blutungsstoppendes Serum aus einer Flasche wird über die offene Wunde geträufelt, dann eine biegsame Platte über dem Schnitt befestigt.

Schließlich betätigt Mailia einen Knopf an der Platte. Lichtstrahlen streifen über die Haut, und Skyes Unterarm gewinnt an Festigkeit, bis sich die Wunde wie von selbst schließt. Das Gerät leuchtet grün auf, als es von Mailia beiseitegeschoben wird.

Alles, was zurückbleibt, ist eine schmale weiße Linie, die mit der Zeit zusehends verblassen wird. Schade eigentlich.

Mailia dreht sich im Kreis, ihr Blick bleibt an mir haften, während sie den Mundschutz von ihrem Gesicht löst.

»Du kannst sie hier behalten, wenn du willst - sie stellt keinerlei Bedrohung mehr für uns da.«

Ich starre runter auf Skye und betrachte ihren Körper von oben bis unten. Sie wirkt so müde und erschöpft, die Augenringe und die aschfahlen Wangenknochen stehen im Kontrast zu ihrer bleichen Haut.

Aber das wird wieder.

»Was soll ich mit ihr anfangen?«, frage ich und zucke mit den Schultern. Sie war ein Auftrag. Jetzt ist er erledigt. Punkt.

Ein Moment der Stille legt sich über uns. Nur das Pochen und Piepen von ein paar Maschinen übertönt das Rauschen.

»Schön ist sie auf jeden Fall«, gibt Mailia von sich und grinst. »Nachwuchs für die Sparks ist immer von Vorteil.«

Mein Mund öffnet sich wie von selbst, als hätten meine Muskeln selbst die Fassung verloren »Das ist widerlich.«

»Das ist Überleben, Neffe.«

Ich schüttle den Kopf. »Wenn du meinst.«

»Dann arbeite sie wenigstens ein, sie soll sich nützlich machen. Helfende Hände sind immer brauchbar.«

»Und wie soll ich das machen?«

»Schick sie zu mir, wenn sie aufgewacht ist. Dann sehen wir weiter.«

Ich nicke. »Ist gut.«

Im nächsten Moment kommen zwei der Arzthelfer in das Abteil und fahren Skye samt Liege aus der Krankenstation heraus – vermutlich in ihr neues Zimmer.

Als sich die Türen schließen und Mailia und ich die einzigen Personen im Raum sind, tritt sie einen Schritt näher und durchbohrt mich mit ihren Blicken.

»Das war haarscharf!«

Ich schlucke, ehe sie fortfährt.

»Sie hätten uns ausfindig machen können.«

Mit *sie* meint sie New Ainé. Mit *ausfindig machen* meint sie töten.

Stille.

»Ich weiß«, wispere ich.

***

»Bis später«, gibt sie lächelnd von sich, als sich ihre Lippen von den meinen lösen.

Es gab Momente, in denen ich es bereut habe, Skye bei uns aufzunehmen. Momente, in denen ich nicht wusste, wo ich sie einordnen sollte oder was sie für die Sparks bedeuten würde.

Ständig, rund um die Uhr musste ich ihr etwas vorspielen, um nicht aufzufliegen. Und das alles nur, weil ich nicht stark genug war, um sie sofort auszuschalten.

Aber was soll ich sagen: Gut im Bett ist sie allemal.

Also erwidere ich ihr Lächeln und küsse sie auf die Stirn. »Bis später, meine kleine Krankenschwester.«

Sie arbeitet nun übrigens auf der Krankenstation, um sich irgendwie nützlich zu machen.

Als sie sich aus der Umarmung löst, zwinge ich mir ein weiteres Lächeln ab und drehe mich kurzerhand um und geselle mich zu den anderen Soldaten.

Wir passieren die Schiebetüren zur unterirdischen Bahn und halten uns an den Gurten, die von der Decke herabhängen, fest. Gleich wird die Bahn losfahren und uns zur Oberfläche bringen, wo wir in Trupps unterteilt werden und das Gebiet auf Anzeichen für einen New-Ainé-Angriffs untersuchen sollen.

Die Türen schließen sich.

Skyes nerviges Grinsen spiegelt sich selbst in den Scheiben der Türen wider.

Doch anstatt loszufahren, fallen Schüsse.

Dann ein dumpfer Schlag und ein Rütteln unter uns.

Es geht alles ganz schnell.

Die Türen öffnen sich.

Mein Körper überschlägt sich.

Ich drehe mich, falle.

Treffe auf etwas Hartes.

Staub wirbelt auf. Schreie.

Schüsse und Schreie.

Ich huste und setze mich wieder auf.

»Kiran!«, höre ich sie meinen Namen rufen.

Sie sieht so ängstlich aus, so verletzt.

Mein Blick richtet sich auf die zahlreichen Männer von New Ainé, die durch das gesprengte Loch marschieren und einen nach dem anderen töten.

Ich will aufstehen und nach irgendeiner Waffe greifen. Als mich plötzlich etwas Dumpfes gegen die Stirn trifft und der harte Aufprall auf den Hinterkopf das Letzte ist, woran ich denken kann.

KAPITEL 18

SKYE

PÜNKTLICH UM 09:00 UHR nehme ich ein erstes Klopfen an meiner Tür wahr. Gefolgt von Rufen nach Ms. Ignis.

Ich antworte »Ja« und höre die Tür aufgleiten.

Mein Gesicht macht heute einen wesentlich gesünderen Eindruck, als es noch gestern der Fall war. Allgemein wirkt der Körper meines Spiegelbilds viel geladener und stärker als noch vor einer Woche.

Als hätte es nur einen einzigen Hilferuf benötigt, um das Feuer in mir erneut zu entfachen.

Ich sollte mir vornehmen, öfters »Stopp!« zu rufen.

Ohne ein weiteres Mal anzuklopfen, stürmen zwei Männer in voller Montur in mein Badezimmer und halten inne, als sie mich ausfindig gemacht haben.

Ich fahre herum und treibe in den Tiefen meines Körpers ein Lächeln auf. »Guten Morgen«, sage ich, nicht darauf bedacht, Smalltalk zu führen.

»Guten Morgen, Ms. Ignis«, erwidert einer der beiden Männer. »Sind Sie bereit?«

Das ist das, was ich die ganze Zeit über wollte. Klarheit, die mich letztlich zu Mom führen wird.

Hoffentlich.

Und zu Kiran.

Also nicke ich, gehe an den beiden Männern in Uniform vorbei und höre die Türe hinter uns ins Schloss fallen.

Als ich die Eingangstür passiere, sehe ich Macon außerhalb des Apartments auf mich warten. Das stetige Grinsen auf seinem Gesicht erlischt sofort, als er seine beiden Kollegen mustert.

Als würde er eine Maske aufsetzen.

»Guten Morgen«, sage ich abermals.

»Guten Morgen – Ms. Ignis«, antwortet er.

Ein leichtes Lächeln auf meinen Lippen, dann schreiten wir zu viert den sterilen Gang entlang und halten vor dem gläsernen Aufzug inne.

Ein seltsames Gefühl in meiner Magengegend. Als hätte ich alle Fäden in der Hand. Und doch weiß ich, dass sie mir lediglich ein wenig mehr Spielraum – einen längeren Faden – gewährt haben, bis ich mich ihnen wieder fügen muss.

Und dennoch fühle ich mich freier als in all den zurückliegenden Tagen hier.

Ich denke an die Mission, die sich in meinem Kopf festgesetzt hat wie ein willkommener Eindringling. Etwas, das meinen Körper am Laufen hält und mich nicht nachgeben lässt.

Mom.

Und Kiran.

Also mache ich den ersten Schritt und überwinde den Absatz zwischen Flur und Aufzug, gefolgt von Macon.

Die zwei Soldaten verweilen an Ort und Stelle und drücken zwei Knöpfe am Aufzug, sodass sich die Türen schließen und Macon und ich allein sind.

Das Letzte, was ich sehe, bevor sich der Aufzug in Bewegung setzt, ist, wie einer der Soldaten seine Hand an den Mund führt. Vermutlich gibt er den Befehl durch, dass er die Ladung – die Ladung bin übrigens ich – wie besprochen abgeliefert hat.

»Wie fühlst du dich?«, fragt Macon, ohne sich zu mir umzudrehen.

Wir stehen stocksteif nebeneinander und blicken an die Wand, während der Aufzug seinen Dienst leistet.

»Gut. Aufgeregt«, gebe ich zu und wage einen Blick in seine Richtung. Er macht es mir nach. Und als sich unsere Blicke kreuzen, fällt die Maske ab und das Lächeln findet sich zum zweiten Mal an diesem Tag auf seinen Lippen ein.

»Kommst du mit?«, frage ich ihn und stolpere über meine eigenen Worte. Ich glaube, dass ich mich sicherer fühlen würde, eine Art Vertrauten bei mir zu haben, wenn ich erfahre, welche Machenschaften das System antreibt.

Bedauerlicherweise schüttelt er den Kopf und beißt sich für einen Moment auf die Unterlippe. »Tut mir leid, nein.« Er atmet ein und zuckt mit den Schultern. »Ich bringe dich lediglich zu meinem Auftraggeber und erwarte dich später wieder in deinem Apartment.«

Zu seinem Auftraggeber. Verstehe.

Ich schüttle den Kopf und kneife meine Augen zusammen. »Natürlich, tut mir leid, dass ich gefragt habe.«

»Aber ich hätte dir gerne Beistand geleistet, Ms. Ignis«, erwidert er und blickt auf mich herab.

»Mein Name ist übrigens Skye«, antworte ich spielerisch und rolle mit den Augen.

»Na schön«, antwortet er und erwidert das Augenrollen. »Ich hätte dir gerne Beistand geleistet, *Skye*.«

Ich nicke. »Schon besser.«

Und dann öffnen sich die Türen des Aufzugs.

Macon geht voran und ich folge seinen großen Schritten. Er hält die Eingangstür des

Towers geöffnet, während ich hindurch-
schreite.

»Danke«, sage ich und lächle.

Als ich den Tower verlassen habe, eilt er
schnellen Schrittes an mir vorbei und öffnet die
pechschwarze Tür des bereits vorgefahrenen
Autos.

Meine Augen gewöhnen sich an die Dunkelheit des Autoinneren und ich mache das
verhältnismäßig bleiche Gesicht des Insassen
aus.

Sage.

Mein Kopf fährt herum, sodass ich Macons
Blicke kreuze. »Du hast einen besseren *Auftraggeber* verdient.«

Statt zu antworten, zuckt er mit den Schultern. Vermutlich darf er auf solch eine Frage
gar keine Antwort geben. Zumindest nicht in
seiner Gegenwart.

»Bis später«, sagt er stattdessen und ich erwidere mit denselben Worten.

Dann steige ich gegen meinen Willen ein und
spüre das Absinken der Temperatur in meinem
Körper.

Ich nehme ihm gegenüber Platz und höre den Puls in meinen Ohren rauschen.

»Guten Morgen, Ms. Ignis. Ich hoffe, Sie haben gut geschlafen.«

Ich antworte kurz und bündig. »Guten Morgen.«

»Sind Sie bereit, einen Blick hinter die Kulissen zu werfen?«

***

Die Fahrt über verliert keiner von uns beiden ein Wort.

Kein einziges.

Ich weiß nicht, ob Sage sauer ist, mich aus einem anderen Grund derart musternd und eindringlich anblickt oder ob seine Gedanken um ein ganz anderes Thema kreisen.

Seine klaren, blauen Augen ruhen auf. Ein einziges Wort von ihm würde mir genügen, um zu erfahren, was er denkt.

Andererseits bin ich ganz froh, nicht zu wissen, was er denkt. Falls das irgendwie einen Sinn ergibt.

Ich mache mir vielmehr Gedanken darüber, was eigentlich *ich* denke.

So viel ist in den letzten Tagen geschehen. Und jetzt sitze ich hier, habe das bekommen, was ich wollte, und weiß noch immer nicht, welche Rolle ich in Sages Werk spiele.

Und dennoch fühle ich mich ein Stück weit freier als noch vor ein paar Tagen.

Ich weiß ehrlich gesagt nicht, was mich gleich erwarten wird. Dieses Wissen, nichts zu wissen, lässt mein Herz höher schlagen.

Aber ich denke, dass ich mich klar genug ausgedrückt habe, als ich laut »Stopp!« in die Arena hinaus gebrüllt und meine Forderung nach Einsicht gestellt habe.

Und dann hält der Wagen plötzlich an.

Bevor sich die Türen öffnen und ich zu allen Seiten blicke, um irgendeine Regung ausfindig zu machen, nehme ich Sages zuckendes Augenlid wahr.

»Sind Sie bereit, Ms. Ignis?«, fragt er fordernd und gleichermaßen leise.

Ich weiß nicht, ob ich bereit bin. Aber jetzt einen Rückzieher zu machen, wäre alles andere, als Stärke zu demonstrieren. »Ja«, antworte ich also und nicke mit Nachdruck. Er muss nicht wissen, dass mir die Haare zu Berge stehen.

Im selben Moment öffnen sich die Türen des langgezogenen Wagens, während Sage mit seinen hageren Armen in Richtung des Ausgangs deutet.

»Nach Ihnen, mein Kind.«

Ich frage mich, ob das Aufstellen meiner Nackenhaare nicht doch Sage selbst zu verschulden hat.

Ich folge seiner Anweisung und steige aus.

Als meine Füße den festen Boden unter sich spüren und der Wind durch meine Haare fährt, kann ich nicht glauben, was ich sehe.

Also blinzle ich ein paar Mal und reibe über meine Augen.

Vor mir ragt eines der Haupttore der Militärbasis von Sektor One in die Höhe.

Ein Kloß bildet sich in meinem Hals, als meine Augen den stählernen Mauern folgen, die Wachmänner auf den Erhebungen ausmachen und schließlich zum versiegelten Eingang der Basis zurückkehren.

»Ich dachte mir, dass es ein nettes Andenken an ihre Zeit vor Ort wäre, wenn ich gefangenen

Outlaws dorthin bringen lasse, wo ihre Reise begonnen hat, Ms. Ignis«, höre ich ihn in meinen Nacken raunen. Tief und brummend, als dürfte keiner der anwesenden Soldaten wissen, dass Sage auch nur ein Wort mit mir wechselt.

Meine Nackenhaare sträuben sich bei seinen Worten. Alles in mir stellt sich auf und bäumt sich auf zwischen Gänsehaut und tiefgehendem Schauer.

Ich fahre herum und erzwinge mir ein Lächeln aus den Tiefen meines pochenden und rasenden Herzens. »Wie nett, dass Sie an mich gedacht haben.«

Statt zu antworten, fahren seine Mundwinkel für eine Sekunde empor. »Nach Ihnen, Ms. Ignis.«

***

Commander Craig ist einer der Ersten, den ich in den Räumen des Militärs ausmache.

Er wechselt kein Wort mit mir. Starrt mich an, als wäre ich der Staatsfeind Nummer Eins. Als wäre ich sein gefundenes Fressen.

Vermutlich hat er recht.

Ich bin geflohen, um am Leben zu bleiben, und habe somit seine Einheit verraten. Allerdings weiß ich nicht, bei welchen Machenschaften er involviert ist und wie weit sein Wissen die Pläne des Systems durchdringt.

Andererseits sollte ich keinen Gedanken an meine Vergangenheit verschwenden. Hier zu sein ist Vergangenheit genug. An alte Zeiten zu denken macht es nicht besser.

»Präsident Sage«, wird er von Craig begrüßt, der seine Hand zur Stirn führt und vor dem Präsidenten Haltung annimmt. »Sektor One freut sich über ihren Besuch und steht Ihnen zu Diensten.«

Statt zu antworten, wirft Sage einen Blick über die Schulter und mustert mich mit gerunzelter Stirn.

Ich nicke, woraufhin sich Sage Craig zuwendet und einen Schritt auf ihn zumacht.

»Wir benötigen Zutritt zu den Zellen der Gefangenen«, höre ich ihn sagen.

Craig schaut auf, blickt erst seinem Präsidenten und dann mir fragend entgegen.

Vermutlich kombiniert er gerade die Verbindung zwischen Sage und mir und stellt sich die Frage, weshalb ich überhaupt noch am Leben bin, nachdem seine Einheit ihren Job in der Basis der Sparks so gründlich gemacht hat.

Dann fällt mir ein, dass er vermutlich die Hinrichtung verfolgt hat und kann mir ein Grinsen nicht verkneifen.

Ich hätte gerne den Ausdruck auf seinem Gesicht gesehen, als mein Wort eine ganze Arena verstummen ließ.

»Natürlich«, antwortet er kurz und bündig und schreitet an uns vorbei.

Sage folgt ihm und mustert mich im Vorübergehen. Seine Augen sprechen Bände und deuten an, dass ich ihm folgen solle.

Also folge ich seinem Befehl und reihe mich hinter Craig ein, der Sage und mich zu einem der Aufzüge ins untere Stockwerk führt. Auf dem Weg dorthin kommen wir an einigen der Räume vorbei, in denen ich gelernt habe zu kämpfen, mich zu verteidigen – gelernt habe, stark zu sein. Räumen, in denen ich Zeit mit Kiran verbracht habe. Die Türen des Aufzugs schweben zur Seite und geben den Blick frei in eine dunkle Kammer, deren Inhalt nach unten in die Verließe transportiert wird.

»Ich schicke zwei meiner Männer mit Ihnen und – Ms. Ignis nach unten«, erklärt Craig und tritt beiseite.

Sage nickt und bedeutet mir, dass ich ihm folgen solle.

Ich kann mir nicht erlauben, darüber nachdenken, was ich gerade fühle und was in mir vorgeht. Andernfalls würde sich alles in mir gegen das hier sträuben und mich zur Flucht drängen.

Also nehme ich neben Sage und zwei weiteren Soldaten im Aufzug Platz und warte darauf, dass sich die Türen schließen.

Das Letzte, was ich sehe, bevor sich der Fahrstuhl in Bewegung setzt, sind Craigs Blicke voll Verachtung, die er mir zuwirft, bevor er von der Dunkelheit verschluckt wird.

Unten angekommen, öffnen sich die Türen des Aufzugs und ich trete als Erste hindurch.

Links und rechts den Gang entlang erstecken sich einzelne graue Zellen, in denen sich jeweils fünf bis vielleicht zehn Sparks befinden.

Ich stehe wie angewurzelt da und traue mich nicht, einen Schritt weiterzugehen. Ich habe Angst vor dem, was mich erwartet. Ich weiß, dass sich Kiran in einer der Zellen befindet, so wie alle anderen Sparks, die sie gefangen nehmen konnten, bevor ein paar der Überbleibenden die Flucht ergreifen konnten.

Ich zähle mindestens fünfzehn Zellen, bevor ich Sages Stimme wahrnehme, die sich von hinten anschleicht wie ein Echo.

»Wir halten Sie aus einem ganz bestimmten Grund fest, meine Liebe. Ich hoffe, dass Sie bald die Absichten des Systems nachvollziehen können.«

Ich drehe mich um, bevor ich den Zellen entgegentrete. »Ich soll verstehen, dass Sie Menschen in Zellen gefangen halten? Ich weiß nicht, ob das ihren Grundsätzen als Präsident entspricht, aber verstehen kann ich es nicht.«

Ich weiß, dass ich mich weit aus dem Fenster lehne. Ein Wort - ein Befehl aus seinem Mund, und das war's. Aber seltsamerweise habe ich das Gefühl, sagen zu können, was ich denke.

Warum das so ist und weshalb Sage mir auf einmal einen Gefallen getan hat, das sind die

Fragezeichen, die in meinen Gedanken umherkreisen.

Ich trete den Zellen entgegen und kämpfe gegen mein pochendes Herz an. Gegen die Schweißausbräuche und den kalten Luftzug, der sich um meinen Körper legt wie ein Mantel.

Sparks.

Fünf bis zehn pro Zelle.

Allesamt lehnen sie an den Wänden oder sitzen auf dem Boden. Sie starren mich an, als wäre ich eine Fremde. Nicht Teil ihrer Familie. Und je weiter ich voranschreite, desto mehr zweifle ich daran, jemals Teil ihrer Familie gewesen zu sein.

Sie erheben sich. Teils mit Verletzungen an Beinen und Armen, mit Bandagen und Verbänden. Teils mit blutverschmierter Kleidung und Uniform.

Ich schlucke den immer dicker werdenden Kloß hinunter und kämpfe dagegen an.

An einer der Zellen bleibe ich instinktiv stehen.

Ich halte mich an den Stützen der gläsernen Zellwände fest und entlaste meine zitternden Beine ein wenig.

Meine Blicke durchbohren das uns trennende Glas und treffen auf seinem Gesicht auf. Auf seinen Augen, seinen vertrauten Lippen. Auf Kiran.

Ich flüstere aufgeregt seinen Namen und öffne die Luke in der Zellenwand.

»Kiran«, rufe ich.

Etwas durchströmt meinen Körper, was sehr nah an Erleichterung herankommt.

»Kiran«, wiederhole ich.

Doch er rührt sich nicht. Verharrt auf der gegenüberliegenden Seite der Zelle und bleibt zwischen seinen Männern wie angewurzelt stehen.

»Kiran, ich bin's«, sage ich, »ich – ich, ich ...«

Ich weiß nicht, was ich sagen soll, stottere. Ich war so sehr auf das große Ganze fixiert, dass ich mir überhaupt keine Gedanken darüber gemacht habe, wie ich reagieren soll, falls alles nach Plan verläuft.

Aber er reagiert nicht. Starrt mich an, als wäre ich Luft. Unsichtbar. Zerbrechlich.

Und das bin ich auch.

Ich zerspringe in tausend Teile, zerberste.

Wie Glas.

Dann höre ich Schritte, sehe Sage in meinem Augenwinkel auftauchen und beobachte Kirans Reaktion.

Seine Augen, die zwischen ihm und mir hin und her fliegen und letztlich an mir haften wie Feuer. Die Erkenntnis, die sich über ihn gelegt hat wie ein Schatten.

Ein Stich, quer durch mein Herz.

Dann das klaffende Loch, das mit Fragezeichen übersät ist.

»Was ...«, flüstere ich.

Kiran lässt den Kopf hängen.

Als er aufschaut, öffnet sich sein Mund.

»Der Zettel, den Sie gefunden haben«, fängt er an. Raunend und mit gebrochener Stimme. »Du hast uns alle verraten, Skye.«

Zuerst verstehe ich nicht.

Dann die Explosion in meinem Kopf.

Der Zettel, den ich mit dem schwarzen Stein beschriftet habe. Die Projektion auf allen Bildschirmen innerhalb der Arena.

Nein –

Wieso –

Das war doch nicht –

»Kiran«, bringe ich heiser hervor. Zu mehr bin ich nicht fähig.

Er schüttelt den Kopf und blickt finster drein. Sein Blick ist hin- und hergerissen zwischen Sage und mir. »Du hast uns alle verraten.«

Dann wendet er sich ab und blickt zur Wand hinter sich, ohne ein weiteres Wort zu verlieren.

Die anderen Sparks machen es ihm gleich und schauen zu Boden, zur Wand, in die Luft. Hauptsache nicht in meine Richtung.

Ich taumle rückwärts und hole tief Luft.

Kurzzeitig verschwimmt alles vor meinen Augen und ich fahre zitternd mit den Fingern unter meinen Augenlidern entlang.

Sage schließt die Luke der Zelle.

Trennt die Verbindung zwischen Kiran und mir endgültig. »Ms. Ignis, ich –«

»Sagen Sie nichts!«, fahre ich ihm ins Wort und strecke eine meiner Hände abwehrend empor.

Er verstummt. Ich kann den Ausdruck in seinem Gesicht nicht deuten. Jedoch scheint die kalte Fassade abgefallen zu sein.

Aber ich kann es nicht deuten.

Stattdessen kämpfe ich mit dem Chaos in meiner Brust und versuche den Schmerz im Zaum zu halten. Jeder Blick in seine Richtung und der Beweis seiner Verachtung lassen eine meiner Fasern explodieren wie ein Feuerwerk.

Ich atme tief ein und wieder aus.

Mit gläsernen Augen und zitternden Beinen trete ich vor Sage.

Seine Augen mustern mich neugierig und gleichermaßen besorgt. Seltsamerweise.

Ein letzter Blick an Sage vorbei und in Kirans Zelle, als der Vorhang fällt.

Dann atme ich tief ein und wieder aus. Bis das Zittern in meinem Mund und meinen Gliedern abebbt.

»Ich möchte meine Mom sehen.«

KAPITEL 19

KIRAN

DIE GLASWAND TRENNT uns von dem ab, was wir Freiheit nennen.

Ich muss zugeben, dass ich noch immer von ihrer lauten Stimme und von der Art, mit der sie ihm Einhalt geboten hat, überrascht bin.

Das Mauerblümchen, das sie einst war, schien für einen Moment lang einer stärkeren, tapferen Skye zu weichen.

Und dennoch sitze ich hier.

Selbst, wenn sie nicht ihre Stimme erhoben hätte, wäre der Strom ausgefallen. Auch dann säßen wir hinter Glaswänden wie Tiere im Zoo und warteten auf gute oder schlechte Neuigkeiten.

Wir haben immer einen Plan.

Nur dass er diesmal Warten heißt.

Das Stromnetz ist nicht ohne Grund ausgefallen. Ich weiß, dass Mailia irgendwo da draußen sein muss und auf den richtigen Moment wartet, um uns alle zu befreien.

So lange sitzen wir hier und warten.

»Wo ist dein kleines Mädchen, Kiran, huh?«, fragt mich Zac. Er sitzt mir gegenüber, an der Glaswand angelehnt und schaut mich mit halbgeöffneten Augen an.

Ich weiß, wen er meint.

Und ich weiß, dass ich am liebsten aufstehen und ihm dafür eine verpassen würde.

»Sie ist nicht meine Kleine«, antworte ich stattdessen und rede mir ein, dass ich als Anführer nicht die Schuld auf mich nehmen kann, jemandem aus meinen Reihen die Nase gebrochen zu haben.

»Aber gevögelt hast du sie trotzdem«, erwidert er. Grinsend. Wie ein Honigkuchenpferd.

Ich rolle mit den Augen und grabe zeitgleich die Fingernägel in meine Handflächen, um nicht doch noch aufzuspringen und den Posten als Anführer über Bord zu werfen.

Stattdessen bleibe ich sitzen und drehe meinen Kopf zur Seite. In Momenten wie diesen wird mir immer wieder klar, wie sehr ich es bereue, Skye nicht sofort um die Ecke gebracht zu haben.

»Ich fasse das als ja auf«, beschließt er.

Wie auch immer.

***

Ihr Blick durchbricht die Glaswand, direkt in meine Augen.

Ihre Augen glänzen.

Ihr Körper zittert.

Sie ist nur ein Mädchen.

Damals vielleicht ein Auftrag.

Jetzt gehört sie endgültig dem Feind an.

Vielleicht ...

In einer anderen Welt, zu einem anderen Zeitpunkt – auf derselben Seite ...

Vielleicht würde ich dann etwas Anderes und Intensiveres empfinden, statt nur eine Bedrohung vor mir zu sehen – ausgehend von einem kleinen, naiven Mädchen.

Vielleicht, wenn nicht das Überleben der Sparks am seidenen Faden hinge –

Vielleicht hätte ich sie sogar wirklich geliebt.

In einer anderen Welt.

KAPITEL 20

SKYE

DIE TÜREN SCHLIESSEN sich, während sich die Fenster des Wagens wie von Geisterhand aufhellen.

Mein Körper bebt.

Ich kann nicht atmen.

Gegenüber von mir sitzt Sage auf seinem gewohnten Platz. Und als ich aus dem Fenster schaue, mache ich Commander Craig aus, der vor den Toren der Basis dem Wagen dabei zusieht, wie er sich mehr und mehr entfernt.

Ich halte die Luft an, um das Beben in meinen Atemzügen zu unterdrücken. Fahre pausenlos die unteren Wimpernkränze entlang und fange die siedend heißen Tränen auf, bevor Sage nur eine davon zu Gesicht bekommt.

»Diese Begegnung tut mir wirklich sehr leid für Sie, Ms. Ignis«, höre ich ihn sagen, als ich weiterhin den Hochhäusern dabei zusehe, wie sie an uns vorbeiziehen wie ein weißgrauer Schleier.

Ich weiß, dass er nur etwas von sich gegeben hat, um die Stimmung zu lockern. Um irgendwas gesagt zu haben. Möglicherweise ist er doch ein wenig menschlicher, als es den Anschein hatte. »Danke«, antworte ich deshalb so knapp wie möglich, um den zitternden Lauten aus meinem Mund nicht allzu viel Spielraum zu bieten.

Sein Gesicht brennt noch immer auf meiner Netzhaut. Die Züge seiner starren Körperhaltung und seine stählerne Miene bahnen sich wie Wurzeln einen Weg in mein Herz und drücken fest zu.

Ich kann nicht glauben –

Ich kann einfach nicht glauben, dass –

Wie –

So viele Gedanken in einem riesengroßen Wirbel aus zahlreichen Fragezeichen und unbeantworteten Fragen. Keine Antworten. Keine Lösungen. Einzig und allein die Tatsache, dass Kiran mich verachtet.

Weil er denkt, ich hätte ihn verraten.

Wenn er nur das sehen könnte, was ich gesehen habe.

Wenn er nur denken könnte, was ich gedacht habe.

»Ich glaube, dass Sie der zweite Halt ein wenig aufheitern wird, meine Liebe«, fügt Sage hinzu und beugt sich ein Stück weit nach vorne. Als wollte er noch etwas sagen.

Wie seltsam die Spezies Mensch nur ist. Ich habe noch nie zur selben Zeit gelacht und geweint. Aber die Worte aus seinem Mund heitern mich in der Tat ein wenig auf. Dass er ein Tyrann ist, sei dahingestellt – aber dass er darauf eingeht, mich zu meiner Mom zu fahren, bedeutet mir seltsamerweise sehr viel.

»Wie lange habe ich mit ihr?«, frage ich deshalb und spüre für einen Moment das Abebben von Zittern und heißen Tränen. Ein Schniefen bildet das Schloss, bevor meine gläsernen und vermutlich rot unterlaufenen Augen das Einzige sind, was noch auf den Ausdruck von Trauer und Schmerz hindeutet.

»In neunzig Minuten muss ich zurück im Tower sein, um eine Pressemitteilung abzugeben, aber ich denke, dass das fürs Erste genügt, finden Sie nicht?«

Neunzig Minuten.

Das sind neunzig Minuten mehr als in den vergangenen achtzehn Monaten.

Also nicke ich. Zähle die neunzig Minuten in meinem Kopf wie mindestens zwei Jahre.

Und dann geschieht etwas, was ich nie für möglich gehalten hätte: Statt einer schnippischen Antwort, eines feindseligen Kommentars oder eines kalten Blicks entfährt mir ein zartes und ernst gemeintes »Danke«.

Für einen Moment herrscht eine seltsame Stille in Sages Wagen. Lediglich das leise und flüchtige Vorbeiziehen der Luftströme am schwebenden Gefährt ist zu hören.

Dann ein schiefes Lächeln auf seinen Lippen, gefolgt von einem kurzen Blinzeln und dem

Anheben seiner Augenbrauen. »Wenn Sie bereit sind zu kooperieren, spricht nichts gegen solche *Ausnahmen*, meine Liebe«, antwortet er neutral mit einer Spur Väterlichkeit in seinen Worten.

Ich nicke. Ein einfaches »Gern geschehen« hätte ebenso gereicht, statt mich darauf hinzuweisen, dass meine Aufgaben noch nicht erfüllt sind. Aber es hätte schlimmer kommen können. Also antworte ich mit »Ich weiß« und erwidere eine Spur seines sanften Lächelns.

Zum ersten Mal seit zehn Tagen fällt die Raumtemperatur nicht ins Endlose, wenn ich in seiner Nähe bin. Zum ersten Mal spüre ich diese eine Knospe in mir aufkeimen, die mir sagt, dass es immer noch etwas gibt, an dem ich festhalten kann.

Die Knospe beginnt zu keimen, als der Wagen anhält und die Lichter über den Sitzen aufleuchten.

Mein Blick richtet sich auf die Häuser außerhalb des Wagens. Auf jene Straße. Auf das genormte graue Haus, das genau wie jedes andere in derselben Straße aussieht und sich dennoch von allen anderen unterscheidet.

»Nach Ihnen, Ms. Ignis«, höre ich Sage sagen, ohne ihn wirklich zu beachten, und sehe den Türen beim Öffnen zu, bis mich nichts mehr halten kann und ich voranstürme.

Mit jedem Schritt, den ich hinter mich bringe, schlägt mein Herz höher und höher. Schneller und schneller. Wie eine Symphonie. Ein Musikstück, welches dem Höhepunkt immer näher kommt.

Und dann der Refrain, als sich die Tür des Hauses öffnet und ich in Moms Arme falle, ohne sie wirklich gesehen zu haben.

Ich drücke sie so fest an mich, dass ich glaube, mich mit ihr zu verbinden. Ich vergrabe meine Nase in ihrem welligen Haar und nehme den vertrauten Geruch von Veilchen und Tee in mich auf wie eine Droge.

Meine ganz persönliche Droge.

»Mom«, entfährt es mir so leise und zitternd, dass ich Angst habe, nachzugeben. »Ich habe dich so sehr vermisst.«

»Oh Skye«, höre ich sie sagen, bevor sie sich von mir löst und mich an den Schultern festhält, sodass ich nicht falle.

Ihre Augen mustern mein Gesicht. Einer ihrer Daumen nimmt die Tränen auf meiner Wange mit sich und dann schließt sie mich erneut in ihre Arme.

»Lass uns reingehen«, sagt sie und geht voran.

Hinter uns schließt sich die Tür wie von selbst.

***

Das Sofa unter mir fühlt sich angenehm vertraut an. Und dennoch läuft mein Herz einen Marathon. Ich bin so aufgeregt, dass ich Angst habe, die Tasse Tee in meinen Händen zu verschütten.

»Wo ist Dad?«, frage ich Mom.

Sie sitzt in einem eleganten Schneidersitz mir gegenüber auf dem Sofa. Trotz ihrer welligen Haare fallen sie seltsam Müde über die Schultern. Als hätten sie keine Lust mehr, sich anständig zu locken. Auch ihre Augen wirken glasig und erschöpft, aber ich spreche sie nicht darauf an.

»Dad«, fängt Mom an und rührt mit dem silbrigen Löffel in ihrer Porzellantasse herum. Sie holt mehrmals Luft und blinzelt mit den Augen, als müsse sie gut überlegen, was sie von sich gibt. »Dad ist nicht mehr da«, sagt sie schließlich und blickt auf.

Ich denke an die Nachricht von Cassie, die sie mir in der Militärbasis übermittelt hat. Dass Mom tot sei. Aufgrund irgendwelcher Verbrechen.

»Was meinst du damit?«, frage ich zögerlich und halte mit der Tasse an meinen Lippen inne.

Mom sieht sich im Wohnzimmer um, weicht meinen Blicken aus. Ich folge ihr und bleibe an allen möglichen Gegenständen hängen, die seit meiner Abreise keinen Zentimeter verschoben wurden.

»Dad – er hat es nicht über sich gebracht, mit anzusehen, wie sein geliebtes Kind so plötzlich und so barbarisch mitgenommen wurde«, höre ich sie sagen. Wie aus der Pistole geschossen.

Mom blickt auf und holt tief Luft. Als wäre sie erleichtert, endlich alles gesagt zu haben.

Ich schlucke etwas Schweres in meinem Hals hinunter. Einen Stein, der mir gleichzeitig Tränen in die Augen treibt.

»Was?«, hauche ich. »Wie?«

Sie schließt die Augen.

Als Mom sie öffnet, sagt sie: »Erst hat er angefangen, nach der Arbeit seine Trauer zu ertrinken. Als er sich irgendwann nicht einmal mehr in seinem eigenen Zuhause wohlgefühlt hat, weil ihn alles an dich erinnert hat, ist er abgehauen.« Sie stößt zitternd den Atem aus und hält sich die Hand vor den Mund, bevor sie weiterspricht. Ein heiseres Schluchzen aus ihrem Mund.

Ich rücke automatisch ein Stück näher an sie heran und lege einer meiner Hände auf die ihre.

Wärme durchströmt meinen Körper. Als wäre der Sender zu seiner Station zurückgekehrt.

»Ich weiß nicht, wo er ist«, haucht sie und schüttelt den Köpf. Einzelne Tränen fließen ihre Wangen entlang und münden in ihrem Mund. »Sie haben ihn wahrscheinlich schon längst gefunden, und –«

Ich lasse mich in ihre Arme fallen und drücke sie fest an mich. Eine Träne aus meinem Augenwinkel gleitet an meinem Gesicht hinab und benetzt den Stoff des Sofas. »Es tut mir so leid, Mom«, sage ich, weil ich nicht weiß, was ich antworten soll.

Dad ist weg.

Weil er es nicht ertragen hat.

Genauso wenig wie ich.

Aber ich habe gekämpft.

Dad hat aufgegeben.

Ich spüre ihre Hand meinen Rücken auf- und abgleiten. Sie zieht Kreise und haucht den kalten Stellen meines Körpers Leben ein.

Als ich mich aufrichte, sind meine Haare vornübergefallen. Ein leises Lächeln aus ihrem Mund, bevor sie an ihrem Tee nippt.

Ein Schluchzen besiegelt ihre Trauer für den Moment. Ich spüre ihre Augen an meinem Körper auf- und abfahren. »Du siehst gut aus, Skye«, sagt sie und nickt – schluchzt ein letztes Mal.

Meine Lippen beben, aber ich halte mich zurück. Ich habe gelernt, meine Gefühl im Zaum zu halten. »Danke«, erwidere ich, »wenn du nur wüsstest, wie es in mir drin aussieht.«

Sie rückt ein Stück näher an mich heran, sodass sich unsere Knie berühren. Einer ihrer Daumen streicht meine Wange entlang, während sich eine tiefe Kerbe zwischen ihren Augenbrauen bildet.

»Es tut mir so leid, mein Schatz«, haucht sie. »Alles, was du durchmachen musstest. Ich habe es alles gesehen, ich habe nie aufgehört, an dich zu denken. Es verging kein Tag, an dem ich dich nicht vermisst habe.«

Ich umschmeichle ihre Hand mit meiner und drücke sie fest an mich.

»Du bist so stark, Skye«, sagt sie. »So unglaublich stark.«

Ich antworte nicht, sondern konzentriere mich darauf, die Dämme instand zu halten. Sie dürfen nicht brechen.

Wenn ich weine, kann ich nicht mehr aufhören.

Und ich kann nicht bleiben. Ich will nicht, dass sie mich so in Erinnerung behält. Ich muss stark bleiben.

Für sie.

Für Dad und sie.

»Danke, Mom«, hauche ich und versuche, das Zittern in meiner Stimme zu unterdrücken.

»Vergiss das bitte niemals, hörst du!«

Ich nicke. »Ich verspreche es.«

»Du –«, fängt sie an, als plötzlich das Zischen der Wohnungstür ertönt und sie hochfahren lässt.

Sage erscheint, erkennbar bedrückt. Dennoch drückt er seine Schultern durch und blickt zwischen Mom und mir hin und her.

Stille.

Keiner sagt ein Wort, während Sage sich im Wohnzimmer meiner Mom umsieht.

Dann räuspert er sich. »Ms. Ignis, es wird Zeit zu gehen.«

Mom stellt ihre Tasse auf den Tisch und wendet sich an ihn. »Gib uns noch zwei Minuten, bitte«, sagt sie und faltet beinahe ihre Hände, als würde sie betteln.

Etwas in mir regt sich. Eine Mischung aus Angst und Wohlbefinden. Heiß und kalt. Feuer und Eis.

»Es tut mir leid, aber –«, fängt Sage an.

»Varo, bitte!«, höre ich Mom sagen.

»Maya, es tut mir –«

»Eine *verdammte* Minute, ist das zu viel verlangt?« Mom wird immer lauter.

Luft verlässt meinen Körper. Ich blicke auf ihre Hände, die sich zu Fäusten ballen.

Er könnte sie hinrichten lassen. Sie quälen und vor Schmerzen brüllen lassen.

Und dennoch schreit sie ihn an.

Varo Sage.

Als ich in Sages Richtung blicke, tritt er von einem Bein aufs andere. Dann schaut er auf. Sein Blick richtet sich in meine Richtung. Traurig und herrschaftlich gleichermaßen.

Als wäre er verletzt.

»Eine Minute«, sagt er monoton. Zwei Wörter und die Temperatur fällt.

Ich nicke.

»Ich warte draußen.« Dann macht er auf dem Absatz kehrt und verschwindet hinter der nächsten Ecke. Als das Zischen der Haustür seinen Abgang bestätigt, atmet Mom hörbar aus.

»Mom«, sage ich. Sie bleibt wie angewurzelt stehen. Lediglich ihr Kopf fährt herum und blickt mich traurig und bedrückt an. »Du hast gerade dein Leben riskiert!«

Ich springe auf und laufe zu ihr. Halte ihr Fäuste fest in meinen Händen, bis sie sich entspannen und die Fassade von ihrem Gesicht abfällt.

Sie schüttelt ihren Kopf und blickt traurig, aber auch siegessicher drein. »Das habe ich zu keinem Zeitpunkt, Liebling.«

»Aber –«

»Wir haben zu wenig Zeit für Erklärungen«, fällt sie mir liebevoll ins Wort und drückt mich fest an sich, sodass sich meine Nase in ihren Haaren verfängt.

»Es gibt Dinge, die du früher oder später erfahren wirst, mein Schatz. Und eines Tages wirst du wieder hier auf dem Sofa sitzen und alles wird so sein wie früher, okay?«

Sie lässt mich los, sodass wir uns von Angesicht zu Angesicht gegenüberstehen. Plötzlich wirkt sie voller Hoffnung – von der anfänglichen Trauer ist nur noch wenig zu sehen, lediglich ihre Augen glänzen im Licht der Deckenbeleuchtung.

Statt zu antworten, nicke ich.

Ich kämpfe gegen den Kloß in meinem Hals an. Ich weiß, dass ich sie gleich wieder gehen lassen muss.

Wir hatten so wenig Zeit zusammen.

Viel zu wenig.

Und dennoch mehr als in den vergangenen Monaten.

»Wir müssen beide stark bleiben, du und ich«, sagt sie und rüttelt sanft an meinen Schultern, »hast du gehört?«

»Ja, Mom«, flüstere ich und halte das Zittern und Beben zurück.

Sie legt ihren Kopf schief und schließt für ein oder zwei Sekunden die Augen. »Du musst gehen«, sagt sie und drückt mich fest an sich.

Ein letztes Mal.

Die Dämme brechen und Wasser sickert hindurch. Ich verliere mich in ihren Haaren. Ein letztes Mal atme ich den Geruch von Veilchen und Tee ein, bevor sie mich Richtung Haustür schiebt. »Eine weitere Minute wird er uns nicht gewähren.«

Das glaube ich auch nicht.

»Pass auf dich auf, Liebling«, höre ich sie hinter mir sagen.

Ich fahre herum und lasse mich ein letztes Mal in ihre Arme fallen.

»Ich hab dich so lieb, Mom.«

»Ich dich auch, mein Schatz.«

Dann löse ich mich von ihr und atme tief ein und wieder aus. Ich krame meine gelassene Fassade wieder aus den Tiefen meines Unterbewusstseins heraus und kappe Moms Wärme vom Rest meines Körpers ab.

Er darf nicht meine verletzliche Seite zu Gesicht bekommen. Er darf nicht sehen, dass ich geweint habe.

Er soll wissen, dass ich stark bin.

Ich steige ins Auto und blicke zu Sage.

»Danke«, sage ich, ohne ein weiteres Wort zu verlieren, und spüre den ruckartigen Start des Wagens.

KAPITEL 21

KIRAN

DER BODEN, AUF dem ich sitze, wird auf Dauer wirklich ungemütlich. Er presst sich gewaltsam an meinen Körper und drückt die Unterseite platt. Mittlerweile schmerzt es, dort zu sitzen.

Also stehe ich auf und laufe im Kreis.

Ich glaube, eine Glaswand als Zellenwand zu haben ist wesentlich schlimmer, als in einem Betonkasten zu sitzen und nicht zu wissen, wer links und rechts von dir gerade stirbt.

Das Glas sperrt mich ein wie ein Tier zu Forschungszwecken. Es hält mich fest und dennoch sehe ich, was außerhalb meiner Grenzen liegt.

Ein kleines Lachen kommt in meinem Mund auf.

Diese Zelle beschreibt wohl das, was Bürger in New Ainé Tag für Tag erleben.

Ich laufe weiter im Kreis und ignoriere die Blicke der anderen, die meine zurückgelegten Schritte nachverfolgen.

Fragen und Gedanken bahnen sich einen Weg in meinen Kopf. Ich weiß nicht, wie lange ich hier noch sitzen werde. Ich weiß ehrlich gesagt nicht, was sie mit mir machen, sollte der Plan misslingen.

Ich denke an Mailia. Meine Tante.

Sie wird bald hier sein und uns alle retten.

Sie muss.

Das war der Plan. Sollte einem von uns beiden etwas zustoßen, erfolgt die Befreiungsmission.

Ich denke an den Tag zurück, als das System unsere Basis bombardiert hat. Versuche mich an irgendwas zu erinnern, an ein Zeichen zurückzudenken, welches bestätigt, dass Mailia erfolgreich fliehen konnte.

Aber da ist nichts.

Einzig und allein Skyes schmales und dreckiges Gesicht.

Dann der Schuss.

Nichts.

Gar nichts.

Aber sie hat es geschafft. Sie *muss* es geschafft haben. Wer sonst hätte das Stromnetz innerhalb der Arena manipulieren sollen? Wer außer Mailia und die mit ihr Geflohenen?

Ich laufe weiter, bis Zac einen Kommentar über meine zu dünnen Beine ablässt und ich ihm dafür gegen das Schienbein trete.

Das Laufen lenkt mich ab. Eine der wenigen Gemeinsamkeiten, die Skye und ich hatten.

Ich frage mich, ob ihr das System bereits gesagt hat, wofür sie eigentlich auf dieser Welt ist. Dass sie eigentlich dazu auserwählt war, die Sparks zu verraten und Präsident Sage zu uns zu führen.

Dass sie nur ausgenutzt wird.

Und dennoch brennt sich das Bild ihres letzten Besuchs in meine Netzhaut. Sie sah so unglaublich stark aus. Als hätte sie genau gewusst, was sie wollte. Als wäre sie der Grund, weshalb sie hier war, und nicht Sage.

Doch der Gedanke verblasst, als Zac in der nächsten Runde an meinen Beinen zerrt und ich zu Boden gehe wie ein elendiger Sandsack.

Hätte ich mich nicht mit meinen Händen vom staubigen Boden abgestützt, wäre nun vermutlich meine Nase gebrochen.

»Das war für das Schienbein, du Pisser.«

Ich rapple mich auf und klopfe obligatorisch den Staub von meinen Knien. »Nett«, ist alles, was ich brummend antworte, als mich in meine Ecke der Zelle verkrieche.

Ich setze mich.

Es schmerzt.

»Meinst du, sie kommt nochmal?«, höre ich Zac sagen. Merkwürdigerweise sind Chris und Tracy vollkommen still. Ich starre zu ihnen rüber, doch sie lassen beide ihre Köpfe an den verschiedenen Wänden hängen und blicken zu Boden, als wären sie bereits tot.

Aber ihre Oberkörper heben und senken sich.

Ein gutes Zeichen, schätze ich.

»Wer?«, frage ich und starre Zac an.

Er verdreht die Augen und ändert seine Sitzposition. Vermutlich schmerzt sein Schienbein noch immer.

Gut so.

»Deine Kleine natürlich. Wer hat uns denn sonst schon besucht?«

Meine Hände ballen sich zu Fäusten. Etwas Feuriges steigt in mir auf und gleichzeitig bete ich innerlich, dass sich Mailia beeilt.

»Sie ist – nicht meine Kleine.«

»Das haben wir doch schon geklärt«, antwortet er schulterzuckend und bleckt seine Zähne. »Also?«

Ich atme ein und wieder aus. Versuche, mich zu beruhigen. Mich auf sein Niveau herabzulassen, liegt mir eigentlich nicht.

»Nein«, antworte ich deshalb, »ich glaube nicht.«

Zac kratzt sich im Schritt und blickt zur Glaswand. »Schade eigentlich.«

KAPITEL 22

SKYE

DIE TÜR SCHLIESST SICH hinter mir.

Mein gewohntes Apartment. Die gewohnte Umgebung.

Der gewohnte goldene Käfig.

Alles an mir zittert, verarbeitet die heutigen Ereignisse.

Ihre Stimme in meinem Kopf, ihre zarten Hände auf meiner Wange.

Du musst stark sein, Skye.

Ihre erhobene Stimme, als sie Sage beinahe angeschrien hat, geht mir nicht mehr aus dem Kopf – hat sich in meinen Ohren verfangen.

Sie ist diejenige, die stark ist. Nicht ich.

Ich hingegen spiele ein Spiel. Betrüge mich selbst. Ich bin nicht stark, ich habe Angst.

Meine Füße tragen mich zu dem langen, weißen Sofa. Als ich aus den Fenstern blicke, bemerke ich die letzten Sonnenstrahlen, die die glänzenden Dächer New Ainés ein letztes Mal für den heutigen Tag rot schimmern lassen.

Wie eine rote Bedrohung.

Ich lasse meinen Kopf nach hinten fallen und spüre ein leichtes Knacken auf der Höhe meines Halses.

Es tut gut, sich zu dehnen. Als würde man all den Schmerz samt Verspannungen mit nur einer einzigen Bewegung aus dem Körper lenken.

Ich schließe meine Augen und atme ein paar Mal tief ein und aus. Der heutige Tag rast in Lichtgeschwindigkeit vor meinem inneren

Auge vorbei. Und dennoch verharre ich in Zeitlupe vor den Gefängniszellen und wate wie durch Treibsand.

Meine Lippen beginnen zu beben, als ich an ihn denke. An seine Worte. An seine Gesten.

An Kiran.

Also zwinge ich mich selbst dazu, an etwas anderes zu denken. Meine Wahl fällt auf das Gespräch zwischen Sage und mir, nachdem wir die Militär-Basis verlassen hatten.

Ich muss an seine Worte denken. An das, was er gesagt hat. So mitfühlend und einfühlsam, dass ich mich frage, ob ich mir die gesamte Autofahrt nur eingebildet habe.

Erschwerend kommt das bedrückte Verhalten hinzu, das ihn eingenommen hat, als ich bei Mom war.

Dann die Sätze aus Moms Mund und seine Reaktion darauf, wie ich sie eigentlich nicht erwartet hätte.

Sie nannte ihn Varo.

Und er sie Maya.

Im selben Moment durchdringt ein wohlbekanntes Piepen meine Gedanken wie eine glühende Nadel. Ich löse mich aus meiner gedehnten Kopfüber-Stellung und stehe widerwillig vom Sofa auf.

Mein Körper schmerzt. Wird von den Ereignissen des heutigen Tages wie von Gewichten zu Boden gedrückt.

Das Piepen stammt wie eh und je von der schmalen Säule inmitten des Raumen. Die zugehörige kleine Lampe blinkt in blauen Farbnuancen und wartet darauf, von mir ausgelöst zu werden.

Also laufe ich zu der kleinen Säule und betätige den Knopf unterhalb des leuchtenden Lichts.

Die dreidimensionale bläuliche Projektion zeigt Sage an altbekannter Position.

Ich trete einen Schritt zurück, um nicht in der Projektion stehen zu müssen.

»Ms. Ignis«, fängt er an. Seine Stimme hallt von den kahlen Wänden des Apartments wider wie eine Bedrohung. Doch diesmal bleibt die Gänsehaut aus. »Ich wollte nur sichergehen, dass Sie wohlauf sind.«

Ich nicke, ohne mir großartige Gedanken zu machen. »Das bin ich – danke für ihre Fürsorge.«

Er stimmt in das Nicken mit ein und zeigt ein minimales Lächeln. »Helfen Sie mir, so helfe ich Ihnen – wie vereinbart.«

Ich antworte nicht. Mir fehlen die passenden Worte, um den Strudel meiner Gedanken in klare Worte fassen zu können.

Kirans Augen sind in meinen Gedanken noch immer so präsent wie Moms Umarmungen. Leuchtend und hell. Wie Schwarz und Weiß – Licht und Schatten.

Seine kalte Ausstrahlung und die Art, wie er sich der Wand entgegengedreht hat, statt mit mir zu reden – und dennoch hat Sage seine Versprechen eingehalten und veranlasst, dass ich meine Mom sehen kann.

Plötzlich realisiere ich, dass sie das Einzige ist, was ich noch habe. Die Einzige, für die es sich zu kämpfen lohnt. Und wenn nicht einmal sie vor Sage Angst zu haben scheint, muss ich das auch nicht haben.

Denke ich.

»Ich kooperiere«, höre ich mich sagen, wie in einem entfernten Traum.

Statt zu antworten, sehe ich eine Kerbe zwischen seinen Augen entstehen. »Was meinen Sie?«

»Sie haben mir einen Gefallen getan«, schildere ich und hole tief Luft, »also werde ich weiterhin kooperieren und auf ihrer Seite stehen.«

Er schnaubt erfreut und lächelt über beide Augen hinweg. »Das freut mich zu hören, Ms. Ignis.«

Ich nicke.

Eine Hand wäscht die andere.

»Sergeant Macon wurde nun übrigens zu ihrem persönlichen Wachmann ernannt. Ihre Sicherheit in unseren Reihen liegt mir sehr am Herzen.«

Macon.

Mein persönlicher Wachmann.

»Vielen Dank, Präsident Sage«, antworte ich und nicke.

Daraufhin erlischt Sages Projektion und lässt den Raum dunkel und finster zurück. Die

Sonne ist bereits vollends hinter den Hochhäusern verschwunden. Das, was übriggeblieben ist, sind die einzelnen Fenster der Hochhäuser, die über den dämmernden Horizont hinwegleuchten.

Ein Klicken ertönt und die Beleuchtung innerhalb des Wohnzimmers erwacht zum Leben. Scheinbar haben die Sensoren des Lichtsystems die Dunkelheit registriert und sind tätig geworden.

»Herzlichen Glückwünsch«, höre ich eine Stimme sagen und gehe der Geräuschquelle nach.

»Wie bitte?«, erwidere ich und komme der Haustür immer näher. Die dumpfe Stimme dringt von der anderen Seite in mein Apartment ein.

Eine vertraute, dumpfe Stimme.

»Na du hast dich gerade unter Sage gestellt.«

Macon.

»Ich habe mich ihm nicht ... unterworfen, ich bin lediglich meinen Teil der Abmachung eingegangen.«

»Das kann man drehen und wenden, wie man will«, antwortet er. Ich stelle mir vor, dass er lächelt, spielerisch genervt die Augen verdreht und seine Hände vor der Brust verschränkt.

Um mich von meiner Vorstellung zu überzeugen, betätige ich einen Knopf neben der Tür, wodurch sie aufgleitet und ich Macon vor mir stehen sehe.

Er lächelt tatsächlich.

Nur das Augenrollen und die verschränkten Arme fehlen.

Aber das macht nichts.

»Willst du nicht reinkommen, mein Wachmann?«, frage ich und kann mir ein Lächeln nicht verkneifen.

Und dann ... ein Augenrollen.

Gewonnen.

»Sehr witzig«, sagt er und tritt ein.

***

Die Lampen sind bereits erloschen. Vermutlich ein Zeichen dafür, ins Bett zu gehen. Doch statt darauf zu achten, sitzen Macon und ich auf der weißen – und zugegebenermaßen äußerst gemütlichen – Couch und reden miteinander. Der Sol-TV ist die einzige Lichtquelle, die den Raum ein wenig erhellt und in zahlreiche Farbfacetten taucht.

»Wie war es für dich, wieder zurück beim Militär zu sein?«, fragt er oberflächlich und rein obligatorisch – denke ich.

Ich atme ein und aus und blicke in die Ferne. Ich weiß noch immer nicht, wie viel ich ihm anvertrauen und wie nah ich ihn an mich heranlassen kann. Zwar kann ich nicht verleugnen, gerne Zeit mit ihm zu verbringen, aber dennoch ist er mein Wachmann. Ein Beauftragter des Systems.

»Es war – sehr seltsam. Gute, aber überwiegend schlechte Erinnerung kamen mir an jedem Ort in den Sinn, an dem ich vorbeigekommen bin.«

Er nickt, streicht sich über sein Kinn. »Das verstehe ich.«

Unser Gespräch fühlt sich so weit entfernt an, dass ich kurzzeitig Bedenken habe, ob es die richtige Entscheidung war, ihn hereinzulassen.

Wie eine Gefangene und ihr Wachmann.

»Hattest du einen freien Tag? Bewachen konntest du mich ja nicht«, frage ich und zucke lächelnd mit den Schultern.

Er erwidert mein Lächeln und lässt seinen Körper ein Stück weit entspannter hängen. »Es gibt immer etwas zu tun.«

»Zum Beispiel?«, hake ich nach und versuche, das Gespräch am Laufen zu halten.

Kurzzeitig mustert er den Sol-TV und blinzelt mit den Augen, als überlege er, was er als Nächstes sagen solle.

Dann wendet er sich wieder mir zu. »Ich arbeite zeitgleich in der Überwachungseinheit. Wir überwachen die Kameras und achten auf die Aufzeichnungen in ganz New Ainé.«

Mein Mund öffnet sich wie von selbst.

Eine ausdruckslose Miene breitet sich auf meinem Gesicht aus.

»Bitte sei nicht sauer«, gibt er kleinlaut von sich und stemmt seine Hände gegen das Sofa, als wolle er sich erheben und das Apartment verlassen.

»Das bedeutet...«, flüstere ich dem Sofa entgegen.

»Skye, bitte.«

»Das bedeutet, dass du mich bereits nackt gesehen hast!«, kreische ich und schlage gegen seine Schulter.

Er lacht, reibt sich über die Stelle und lacht weiter.

»Das ist überhaupt nicht komisch!«, füge ich hinzu, stimme aber bald darauf in sein Lachen mit ein.

»Kameras sind an Orten wie dem Badezimmer verboten«, erklärt er, noch immer kichernd. Statt sich hochzustemmen, legt er die eine Hand gelassen über die Lehne des Sofas.

»Und das soll ich dir jetzt glauben?«, frage ich neckisch und verschränke die Arme vor meiner Brust.

»Es stimmt!«, antwortet er lächelnd und streckt Mittel- und Zeigefinger wie diese Indianer aus alten Filmen empor. »Ehrenwort.«

»Außerdem sehen wir nicht *alles*«, erklärt er. »Die wirklich wichtigen Sachen sind im Archiv beim Präsidenten höchstpersönlich gesichert.«

Ich werde hellhörig. Also hat mich Sage womöglich schon mal nackt gesehen?

»Wirklich wichtige Sachen?«, wiederhole ich fragend.

Er nickt. »Dinge, die Regierungsangelegenheiten betreffen.«

Statt zu antworten, blicke ich zum Fernseher. Er zeigt einige Sektoren in der Vogelperspektive und die monatlichen Statistiken über die Einwohnerzahlen, die Berufe und die Geburtenrate.

Dann folgt eine Werbepause.

Und dann ... mein Gesicht. Vor dem Wappen New Ainés. Ich halte meine Hand empor – eine Szene aus der Arena, als ich »Stopp!« geschrien habe. Nur dass ich diesmal erneut zur Volksheldin gekürt werde, statt dass man mich mit faulen Tomaten bewirft.

Ich schlucke.

Eine merkwürdige Gänsehaut breitet sich auf meinen Unterarmen aus.

»Ich weiß nicht, was du gemacht hast, aber das Volk scheint dich zu mögen«, höre ich Macon sagen.

Meine Augen haften noch immer an der Oberfläche des Sol-TVs. »Ich mache gar nichts«, antworte ich dennoch.

Ich weiß nicht, ob ich es gut oder schlecht finde, als Volksheldin gefeiert zu werden.

Kiran und ich stehen auf zwei verschiedenen Seiten. *Er* war meine einzige Sorge, nachdem der erste Spot über mich ausgestrahlt wurde. Aber jetzt, nachdem er klar und deutlich gezeigt hat, wie es um uns steht –

Mein Leben in New Ainé wird sich dadurch auf keinen Fall verschlechtern. Dennoch blicke ich zum schwarzen Horizont, auf dem die Mauern der Stadt ruhen.

Ich habe all das gesehen.

Die Berge und Täler.

Wälder, so weit das Auge reicht.

Flüsse und Bäche, Seen. Ich habe aus einem verdammten See getrunken!

Und dennoch sitze ich hier und halte mich an Sages Pläne.

Macon räuspert sich und lächelt.

»Mach so weiter mit deinem Nichtstun. Die Leute stehen anscheinend drauf.«

KAPITEL 23

KIRAN

DIE BAUKLÖTZE IN meiner Hand leuchten
rot und blau. Wie der Himmel und die Sonne.

Daddy hat immer gesagt, dass ich mal ein her-
vorragender Baumeister werden werde. Und
ich werde der Erste sein, der fliegende Häuser
baut.

Wie cool wäre das denn bitte?

Aber bis es so weit ist, baue ich kleine Häuser
mit den Bauklötzen, die man stapeln kann. Wie
einen Turm. Fliegen kann er leider nicht, aber
daran arbeite ich noch.

Vielleicht kann ich ein schwarzes Tuch darunter legen – dann sieht es im Dunkeln so aus, als würde der Turm fliegen.

Aber warte – wenn es dunkel ist, sieht man den Turm doch sowieso nicht.

Ich gebe auf, irgendwie werde ich wütend.

Also schlage ich mit der flachen Hand auf den Turm. Er fällt auseinander und meine Hand schmerzt.

»Hey, langsam Kleiner«, sagt Daddy und beugt sich zu mir herunter. »Was hat der Turm denn dir getan, hm?«

Meine Hand schmerzt noch immer, also stecke ich ein paar der Finger in meinen Mund, um sie zu löschen – wie ein Feuerwehrmann.

Vielleicht werde ich auch einfach ein Baumeisterfeuerwehrmann. Dann kann ich die Flammen selber löschen, wenn meine Häuser einmal brennen – aber das werden sie nicht.

»Der Turm kann nicht fliegen«, antworte ich und schaue jeden der Bauklötze böse an. Vielleicht muss ich sie einfach lange genug anstarren.

»Das ist doch ganz logisch«, sagt Dad und setzt sich neben mich. Er nimmt einen oder zwei Bauklötze in die Hand. *Meine* Bauklötze. »Du musst doch auch erst einmal einen Prototypen anfertigen, damit du weißt, wie du deinen fliegenden Turm bauen möchtest.«

»Einen Proytip-«

»Einen Prototypen.« Dad lacht. Warum lacht Dad? »Das ist eine Art Zeichnung in Wirklichkeit.«

Meine Augen leuchten.

Dad legt die Bauklötze behutsam in meine Hände und schaut mich an. Dann lächelt er plötzlich und zwinkert mit seinem rechten – oder linken ... wo war nochmal rechts? – Auge.

»Und jetzt lass es fliegen!«

***

Ich hole Luft.

Etwas zuckt in mir und treibt meinen Körper nach oben.

Plötzlich sitze ich wie gelähmt an Ort und Stelle und spüre die Härte der Wand an meinem Rücken.

Es ist noch dunkel. Die einzige Lichtquelle bildet die Deckenlampe außerhalb meiner Zelle.

Aber dank der Glaswand wird es niemals dunkel genug, um in Ruhe und anständig schlafen zu können. Ganz zu schweigen vom harten Boden und der merkwürdigen Kälte, die schleichend in regelmäßigen Abständen in die Zelle dringt.

Das Schnarchen der anderen vibriert in meinen Ohren und hallt nach wie ein übler Albtraum. Als ich über meine Stirn fahre, spüre ich den feuchten und kalten Schweiß, der sich dort angesammelt haben muss, während ich geschlafen habe – falls man das kurze Wegnicken überhaupt als Schlafen bezeichnen kann.

Obwohl ich nicht schlafen kann, bin ich müde. Unglaublich müde. Also versuche ich es mir, liegend und mich auf den Armen abstützend, ein wenig bequem zu machen und schließe die Augen.

***

Tante Mailia ist gerade zu Besuch.

Aber ich habe keine Zeit, mich an den Küchentisch zu setzen und mit allen anderen gemütlich Kuchen zu essen.

Mein Protyp, mein Pro-to-typ ist noch immer nicht fertig.

Also kann mein Turm noch immer nicht fliegen.

Und außerdem höre ich Stühle rücken und dann Schritte näherkommen.

Viele Schritte.

Dann Mailias Stimme: »Du hilfst mir doch dabei, oder?«

»Natürlich«, antwortet Mommy.

Wobei soll Mommy Mailia denn bitte helfen?

Aber ich kann nicht aufschauen. Der Turm ist viel zu wichtig!

»Ich muss die Wahl gewinnen! Wenn Varo das Rennen macht, sind wir verloren – das weißt du doch, oder?«

»Natürlich«, sagt Mommy schon wieder.

Mein Turm ist bereits fast unendlich hoch. Noch ein paar Klötze und er ist so groß wie ich. Wenn er dann noch fliegen kann, wäre es der größte Turm, der jemals als Protypion gebaut wurde!

»Ich habe Verbündete im Süden, die derzeit außerhalb der Stadt operieren – sie halten die

Augen und Ohren nach Wahlmanipulation offen, aber keine Spur von irgendwelchen Tätigkeiten.«

»Was meinst du?«, fragt Mommy.

»Das heißt, mein liebes Schwesterherz, dass unser Bruder gerade mehr Stimmen hat als ich. Und sollte er der neue Präsident werden, sind wir alle verloren!«

»Natürlich«, antwortet Mommy. Ich glaube, sie spielen ein Spiel. Mommy darf nur mit »natürlich« und »Was meinst du?« antworten.

»Hast du dir denn schon einen Namen für die Stadt überlegt?«, fragt Mommy. Okay, doch kein Spiel.

Ein paar Schritte werden gemacht, aber es ist mir egal. Der Turm ist fast fertig. Nur noch zwei Klötze!

»Ich finde *Sparks City* ist ein schöner Name. Er beschreibt meine Wahlkampagne und passt optimal zum Aufbau der Stadt.«

»Der Name ist wirklich schön«, sagt Mommy, »jetzt musst du nur noch Präsidentin werden.«

Nein! Mein Turm stürzt ein. Alle Klötze liegen verstreut auf dem Boden herum. Und plötzlich sehe ich nichts mehr. Sind das Tränen in meinen Augen? Zwei Hände zerren an mir und heben mich nach oben. »Was hast du denn mein Schatz?«, sagt Tante Mailia und hält mich im Arm.

»Mein Turm, er –«

»Ich bin mir sicher, dass dein nächster Turm noch viel größer und noch viel toller werden wird. Und wenn ich gewonnen habe, kaufe ich dir einen echten Turm, einverstanden?«

Mein Herz geht plötzlich ganz schnell. »Kann er denn auch fliegen?« Sie lächelt und tippt mit einem ihrer spitzen Fingernägel auf meine Nase. »Wenn du das willst.«

»Ich will!«

KAPITEL 24

SKYE

EIN KLOPFEN. Aus reiner Höflichkeit, weil ich weiß, dass er einfach die Tür öffnen und eintreten könnte – aber dennoch klopft er.

Und das schätze ich sehr.

»Komm rein«, rufe ich quer durch das Apartment und wasche mit den letzten Zügen mein Gesicht.

Unter meinen Augen haben sich dunkle Ringe gebildet, von weiter weg wirken sie wie Höhleneingänge. Zudem wirkt mein Gesicht aufgedunsen und angeschwollen, als hätte ich die gesamte Nacht über geweint.

Vielleicht habe ich das auch.

Ich erinnere mich jedenfalls nicht daran.

Das Zischen der Badezimmertür kündigt Macon an. Und schon steht er in mitten meines luxuriös eingerichteten Badezimmers und lächelt mir entgegen.

»Guten Morgen, Ms. – Skye«

»Das hat aber gestern und vorgestern besser geklappt, *Macon.*«

Er macht einen Schritt auf mich zu, während ich ihn durch den Spiegel oberhalb des Waschbeckens beobachte.

»Das ist nicht fair«, verteidigt er sich und verschränkt die Hände vor seiner Brust. Seine Lippen verformt er spielerisch schmollend.

»Was?«

»Du kennst meinen Nachnamen nicht einmal, zudem habe ich dich von Anfang an mit deinem Nachnamen angesprochen, was einfach zur höflichen Gewohnheit geworden ist.«

»Höfliche Gewohnheit?«, wiederhole ich fragend und kichere. Dann schalte ich das Licht des Spiegels aus und drehe mich zu ihm um.

Auch seine Augen werden von dunklen Ringen umrahmt. Ehrlich gesagt habe ich gestern nicht mehr auf die Uhr geschaut. Ich weiß also nicht, wann ich ins Bett gegangen bin und Macon das Apartment verlassen hat.

Nach unseren Augenringen zu urteilen sehr, sehr spät.

Statt zu antworten nickt er und funkelt mich an.

»Hast du schon etwas gegessen?«, fragt er und wechselt somit das Thema.

Mein Magen knurrt genau im richtigen Moment. Statt auf meine Antwort zu warten, macht er auf dem Absatz kehrt und ruft über seine Schulter hinweg: »Ich mache dir Frühstück!«

**

»Warum machst du das, Mr. Macon Wachmann?«, frage ich ihn neugierig, als ich aus dem Badezimmer der Küchenzeile entgegeneile.

»Frühstück?«, fragt er neckend und greift nach der Schüssel Joghurt aus dem Kühlschrank. »Na ja, dein Magen hat geknurrt.«

Ich rolle mit den Augen und lächle gleichermaßen. Dann lasse ich mich auf einem der Barhocker nieder und stütze mich auf der Theke ab. »Ja – nein. Ich wusste nicht, dass zu den Aufgaben eines Wachmanns eine Rundum-Pflege samt Betreuung gehört.«

Er greift nach einem großen Tablett und kommt damit auf mich zu. Sanft stellt er es vor mir ab und präsentiert das zubereitete Frühstück.

Rührei, Pancakes und ein Joghurt mit Früchten. Ehrlich gesagt wusste ich nicht einmal, wie viel Potenzial in dieser Küche steckte. Ich habe mich die letzten Tage hauptsächlich von Joghurt, Brot und Obst ernährt, weil ich schlichtweg nicht wusste, was ich mit all den Zutaten anstellen sollte. Mom hat nie wirklich gekocht. Die Lebensmittel wurden stets bereits zubereitet nach Hause geliefert.

»Hm«, fängt er grübelnd an und mustert mein verschlafenen Gesicht – ich glaube zu wissen, dass ich rot werde. »Ich dachte mir, wenn ich schon einmal auf dich aus unmittelbarer Nähe aufpassen muss, kann ich dir auch wenigstens unter die Arme greifen – außerdem bist du der angenehmste Auftrag, den ich seit langem habe.«

Ein Keuchen aus meinem Mund. Dann ein Lachen. Dann eine Kerbe zwischen meinen Augenbrauen. »Sollte das gerade ein Kompliment sein?«

Macon blickt zur Decke und blinzelt ein paar Mal. Dann gilt seine Aufmerksamkeit erneut mir. »So etwas in der Art, ja.«

Dann lacht er, wird aber ein paar Momente später wieder ernst. »Aber wenn dir das zu viel ist, kann ich draußen auf dich warten, bis du fertig bist.«

»Nein, alles gut«, antworte ich, ohne darüber nachzudenken. Vielleicht *hätte* ich darüber nachdenken sollen. Denn im selben Moment schießt mir eine unglaublich unangenehme Röte ins Gesicht, gegen die ich nichts unternehmen kann.

»Sollte das gerade ein Kompliment sein?«, wiederholt er meine Frage und stemmt sich mit den Händen von der Theke ab wie ein Barkeeper aus diesen alten Filmen.

Ich lache, verschlucke mich beinahe an meinem Rührei. »So etwas in der Art, ja.«

Er nickt, blickt zu Boden und lächelt. »Gut«, höre ich ihn sagen, während ich mit Wasser nachspüle. »Ich schätze, dann sind wir also quitt.«

Im selben Moment ertönt unmittelbar neben mir das Zischen der Eingangstür. Ich schrecke zurück und lasse die Gabel auf das Tablett fallen.

Zwei Soldaten treten ein und bleiben auf halber Höhe stehen. Einer der beiden verschränkt hinter seinem Rücken die Hände, der andere nimmt hinter ihm seinen Platz ein.

Plötzlich friere ich. Als wäre die Temperatur um mindestens zehn Grad gefallen.

Ich traue mich nicht, meinen Blick von den Soldaten zu lösen, aber aus dem Augenwinkel kann ich erkennen, wie angespannt Macon an Ort und Stelle stehenbleibt – mit der Haltung eines Soldaten.

Erinnerungen keimen in mir auf. Aber ich unterdrücke sie und kämpfe dagegen an, sodass sie sich gar nicht erst entfalten können.

Der vordere Soldat mustert den Teller mit Rührei und blickt zwischen Macon und mir hin und her.

»Scheint so, als hätten Sie sich endlich einge-
lebt, Ms. Ignis.«

»Ich –«, fange ich an und werfe einen Blick in
Macons Richtung. Er schüttelt unweigerlich
und unauffällig den Kopf, lässt seine Kollegen
jedoch nicht aus dem Auge.

»Ja«, antworte ich. »Wollen Sie probieren?«

Ich warte die Reaktion des vorderen Soldaten
ab. Seinem Gesichtsausdruck nach zu urteilen,
weiß er nicht so recht, was er darauf antworten
soll und schüttelt lediglich den Kopf.

»Warum seid ihr hier?«, fragt Macon stattdessen.

»Morgendliche Routine«, erwidert der Soldat
barsch und monoton wie eh und je. »Da dir nun
ein anderer Posten zugeteilt wurde«, fährt er
fort und wirft einen kurzen Seitenblick in
meine Richtung, »übernehmen wir deinen
Job.«

Macon nickt bedacht. »Verstehe.«

Ein letzter, prüfender Blick in meine Richtung, dann: »Scheint alles in Ordnung zu sein.«

Beide Soldaten machen zeitgleich auf dem
Absatz kehrt, während einer von beiden über

die Schulter hinweg »Schönen Tag noch, Ms. Ignis« ruft.

Dann gibt die Tür erneut ein zischendes Geräusch von sich und schließt sich.

Die Gänsehaut auf meinen Unterarmen verschwindet. Meine Hände haben aufgehört zu zittern und die empfundene Kälte weicht wieder der natürlichen Raumtemperatur.

»Das war – schräg«, sage ich und nehme Macons Nicken war. Er scheint bedrückt zu sein, verhält sich äußerst seltsam. Als wäre ihm der Besuch unangenehm gewesen.

»Was ist?«, frage ich deshalb und trinke einen Schluck Wasser, während Macon die Reste des Frühstücks von der Theke zur Spülmaschine trägt.

»Ich glaube nicht, dass Sie so erfreut gewesen wären, uns beide lachend zu erwischen.«

»Warum nicht?«, frage ich.

Als er das Tablett abgestellt hat, dreht er sich um und kommt auf mich zu. »Weil du ein Auftrag bist, Skye – kein ... Freund.«

So hart mich seine Worte treffen, hat er dennoch recht. Ich glaube, hätten sie uns lachend und plaudernd erwischt, hätten sie ihn verraten. Vermutlich wäre er versetzt worden und ich hätte ihn nie wiedergesehen.

Und dennoch zerplatzt die Seifenblase in meinen Gedanken und lässt mich eiskalt zurück.

Vermutlich hat er den gekränkten Ausdruck von meinem Gesicht ablesen können, denn seine Hand kommt meinem Kopf immer näher, bis sie letztlich durch meine Haare wuschelt und meine Frisur zerzaust zurücklässt.

»Das heißt, wir müssen einfach vorsichtiger sein, wenn andere Personen im gleichen Raum sind.«

Ich nicke. Lächle.

»Verstanden.«

***

Es ist bereits Mittag.

Macon läuft im Apartment auf und ab und prüft auf seinem Sol-Tablet die Aufgaben des Tages und die, die er heute noch erledigen muss.

Manchmal kommt es mir so vor, als hätten sie Macon ebenfalls eingesperrt und ihn lediglich in dieselbe goldene Zelle wie mich gesteckt, damit wir zumindest ein wenig Gesellschaft haben.

Aber dann denke ich daran, dass das nicht der Wahrheit entspricht. Dass ich mittlerweile andere Seiten von Sage kennengelernt habe und dass er sowohl eiskalt als auch – zumindest ein wenig – mitfühlend sein kann.

Die eine Hand wäscht die andere.

Er hat mir mehr als nur einen Gefallen getan, nachdem ich ihn wohl oder übel dazu genötigt habe – und jetzt tue ich ihm einen Gefallen.

Zwar denke ich noch oft – sehr oft – an Kiran zurück und an das, was uns verbunden hat, aber dann sehe ich immer wieder die gläserne Zelle vor meinem inneren Auge.

Jenen Ort, der uns voneinander getrennt hat wie ein scharfes Messer.

Ich hätte ihm so gerne die Wahrheit erzählt. Ihm meine Perspektive geschildert und ihm erzählt, was wirklich passiert ist – aber ich hatte keinerlei Gelegenheiten dazu. Ich glaube, das erste Mal, seitdem ich Kiran kennengerlernt habe, eine seiner bisher verborgenen Seiten gesehen zu haben.

Eine dunkle Seite. Von der ich dachte, dass sie überhaupt nicht existiert.

Und dennoch kann ich nicht glauben, dass Kiran wirklich so ist, wie er sich dort mir gegenüber gegeben hat.

Gedanken an eine Erpressung kreisen in meinem Kopf herum. Was, wenn er dazu genötigt wurde, mich so zu behandeln, wie er es getan hat?

Was, wenn ihm ein Druckmittel auferlegt wurde?

Unser erster Kuss flammt im Inneren meines Körpers auf und erweckt meinen Körper aus der eingerollten Position auf dem Sofa.

All die Worte, die wir miteinander teilten.

All die Momente.

Er hätte mich auf der Mauer umbringen können, als er gesehen hat, dass ich es nicht über mich bringe, einen Outlaw zu töten. Und er hat es nicht getan. All die Monate über hat er mich bei sich aufgenommen und mich wie eine Königin behandelt.

Und plötzlich stehe ich auf.

»Macon?«, sage ich und gehe auf ihn zu.

»Hm?«, fragt er und tippt abwesend etwas auf seinem Sol-Tablet.

Als ich näher komme, schaut er auf.

Fragend.

»Kann ich – kurz an dein Tablet?«, frage ich und kaue auf meiner Unterlippe herum. Ich hätte mir vorher überlegen sollen, wie ich die Sache angehe.

»Mein – Tablet.«, wiederholt er so langgezogen und gedehnt wie ein Kaugummi.

»Ich möchte mir die Aufzeichnungen aus der Arena anschauen. Darf ich?«

Kurz zögert er, neigt sich von mir weg, als müsse er sein Tablet beschützen. Dann tippt er ein paar Mal darauf herum und reicht es mir dann.

»Danke«, antworte ich und kehre lächelnd zum Sofa zurück.

Mein Herz schlägt hörbar schnell, als schlüge es in meinem Hals. Meine Finger fahren leicht zitternd über die Oberfläche des Tablets und suchen nach den richtigen Dateien der Überwachungskameras. Das Tablet eines

Wachmanns, der zeitgleich für die Überwachung zuständig ist, zu haben, ist äußerst praktisch.

Als ich die passende Aufzeichnung gefunden habe, lasse ich sie abspielen und hangle mich von Kamera zu Kamera vor, bis ich den optimalen Winkel gefunden habe, um die gefangengehaltenen Sparks zu beobachten.

Als ich Kiran ausfindig gemacht habe, bildet sich ein Kloß in meinem Hals. Statt Kiran sehe ich den Ausdruck in seinem Gesicht vor meinem inneren Auge, als er mir gegenüberstand und nur die Glaswand uns trennte.

Dann höre ich mich selbst »Stopp!« rufen und achte auf Kirans Reaktion.

Zuerst weiten sich seine Augen, sein Mund öffnet sich einen Spalt breit.

Doch dann verdreht er genervt die Augen und lässt seinen Kopf hängen.

Als ... hätte er uns aufgegeben.

Dann fällt der Strom aus und die Kameraaufnahmen enden.

»Was wolltest du wissen?«, höre ich Macon unmittelbar neben meinem Ohr von sich geben.

Ich zucke zusammen und fahre zurück. Scheinbar habe ich nicht mitbekommen, dass er sich neben mich gesetzt und die Aufnahmen ebenfalls verfolgt hat.

Ich balle eine meiner Hände zur Faust und klemme sie zwischen meinen Beinen und dem Sofabezug ein. Zeitgleich presse ich die Fingernägel in die Handinnenfläche, bis es schmerzt und ich die sich anbahnenden Tränen ignorieren kann.

»Ich – ich wollte wissen, ob –«

»Ob du diesen Typen vielleicht doch nicht komplett verloren hast?«, vollendet er fragend meinen Satz und rückt ein Stück näher, als wollte er mich trösten. Doch er lässt seine Hände bei sich und blickt lediglich fragend drein.

Statt zu antworten, nicke ich.

Ehrlich gesagt, hatte ich darauf gehofft, meinen Gedanken mit dem Videomaterial Hoffnung zu geben – aber alles, was sich bereits in den Zellen des Militärs ereignet hat, wurde durch die Aufzeichnung lediglich besiegelt.

Etwas in mir zerbricht.

Es schmerzt nicht, aber dennoch hinterlässt es eine klaffende Wunde.

»Du brauchst ihn nicht«, gibt Macon überzeugt von sich.

Mein Mund klappt auf, doch es erklingt kein Ton. »Macon, Kiran und ich waren zus–«

»Er hat dich nicht verdient, Skye – ganz einfach. In der Arena – du hast gesehen, was du nicht gesehen hast. Keine Reaktion, keinen Funken in seinen Augen. Nichts. Du hast nichts anderes verdient, als –«

Ich sage nichts.

Lausche seinen Worten.

»Als was?«, frage ich heiser und verleihe den Fingernägeln unter meinen Beinen mehr Druck.

»Als dass man um dich kämpft.«

Ich antworte nicht.

Stattdessen starre ich zu Boden und nehme langsam aber sicher von Kiran Abschied.

Ich habe den Klang seiner Stimme vergessen.

Ich habe die sanften Berührungen seiner zarten Hände vergessen.

Wie es sich anfühlt, ihn zu küssen.

All das verschwindet hinter einem dichten Nebelschleier. Bis sein Gesicht nur noch transparent durch meine Gedanken hindurchscheint.

»Danke, Macon«, antworte ich.

Er lächelt. »Keine Ursache.«

KAPITEL 25

KIRAN

MEIN ARSCH SCHMERZT.

Anders kann man das nicht ausdrücken.

Wirklich nicht.

Laufen ist mittlerweile keine Option mehr – von den sich immer wieder wiederholenden Runden wird mir allmählich schlecht. Das ist mir noch nie passiert.

Laufen war immer meine Stärke.

Aber das Essen, das sie uns hier unten durch einen Schlitz im Glas verabreichen, ist nicht einmal als Essen zu definieren – vielleicht liegt es auch daran. Vielleicht träufeln sie etwas ins Essen, sodass wir bewegungsunfähig sind.

Wer weiß das schon.

Aber was ich weiß, ist, dass ich nicht mehr lange durchhalte. Nicht dass ich etwas dagegen hätte, nichts zu tun – es ist diese Leere verbunden mit der Transparenz des Glases, was mich so verrückt macht. Ich kann sehen, was die anderen mir gegenüber machen (nichts!) und kann gleichzeitig nicht zu ihnen gehen, weil uns zwei dicke Glaswände trennen.

Und so sehe ich meinen Männern dabei zu, wie sie langsam aber sicher vor die Hunde gehen – was auch immer sie ins Essen mischen, es zeigt eindeutig seine Wirkung.

Ich habe in den letzten Stunden wirklich angefangen, zu diesem Gott zu beten. Zu diesem Hirngespinst, an das die Menschen vor dem Dritten Weltkrieg ernsthaft geglaubt haben. Aber scheinbar hat sie der Glaube stark gemacht, also habe ich es ebenfalls ausprobiert.

Aber, wer hätte es gedacht? Es hat nicht geholfen.

Ich sitze noch immer hier.

Und versuche, durch meine Gedanken mit Mailia zu kommunizieren, dass sie sich bitte beeilen soll – als ob das irgendeine Wirkung hätte.

Langsam schwindet die Hoffnung.

Langsam werde ich verrückt.

Langsam gebe ich auf.

Aber ich darf nicht aufgeben.

Sie verlassen sich auf mich.

Allesamt. Gut – vielleicht alle bis auf Zac.

Ich – ich kann wirklich nicht mehr auf diesem Boden sitzen!

Ehrlich gesagt weiß ich nicht, wie lange ich noch auf Mailia warten soll – muss – kann, was auch immer.

Aber –

Im selben Moment öffnen sich die Schleusen der Glaswand.

Ich öffne die Augen.

Fünf Soldaten stehen inmitten unserer Zelle.

Als ich die gegenüberliegenden Zellen mustere, entdecke ich weitere Soldaten. Einen für jeden Gefangenen.

»Alle aufstehen!«, brüllt einer der Soldaten und zerrt Zac nach oben.

Ich kann mir ein Grinsen nicht verkneifen.

»Was grinst du so blöd, Lightwood?«, blafft mich ein anderer an und kommt auf mich zu.

Ich zucke zusammen und krieche zur Wand. Ich bin zu schwach, kann nicht kämpfen.

»Denkst du, wir wüssten nicht mehr, dass du uns verraten hast, du kleiner Wichser?«

Und dann ein harter Schlag in mein Gesicht.

Ich sehe nichts mehr, gehe dem Schmerz nach und nehme die verschwommenen Umrisse der Soldaten war. Sie zerren mich nach oben und packen mich an den Schultern.

»Los, Bewegung!«, brüllt ein anderer, woraufhin die Soldaten mit uns als Gefangene die Zellen verlassen.

»Nicht stehenbleiben, Lightwood!«, höre ich, gefolgt von einem Klaps auf den Hinterkopf.

Ich glaube, mir wird schlecht.

Aber ich bleibe standhaft.

Sofern man Eins-in-die-Fresse-Bekommen und Abgeführt-Werden als standhaft bezeichnen kann.

»Wo bringt ihr uns hin?«, frage ich nuschelnd und nicht ganz bei Sinnen.

Ich höre Gelächter durch die Zellen dringen. Direkt hinter mir. Oder doch weiter weg?

»Dachtet ihr wirklich, ihr entgeht der Hinrichtung?«

Weiteres Gelächter durchdringt meine Ohren.

Ich kann nicht mehr.

Ich glaube nicht, dass Mailia noch irgendeinen Finger rühren wird. Wenn sie nicht schon längst tot ist.

Ist jetzt auch egal.

KAPITEL 26

SKYE

ICH WACHE AUF und denke unausweichlich an Kiran. Ich versuche, mir einzureden, dass ich nach vorne blicken und ihn vergessen muss.

Dass ich ihm ohnehin egal bin.

Dass er seinen Weg genommen hat – ohne mich.

Also sollte er mir auch egal sein, oder?

Auch wenn ich versuche, mir einzureden, dass es so ist, ändert es nichts an der Tatsache, dass sich eine klaffende Wunde inmitten meines Herzens aufgetan hat und darauf wartet, geflickt zu werden.

Ich komme nicht davon ab, dass ich Kiran nicht als den Menschen akzeptieren kann, als den ich ihn zuletzt gesehen habe.

Das war nicht Kiran. Vielleicht war es eine Version seiner Facetten. Aber es war nicht der Kiran, den ich geliebt habe.

Ein Piepen ertönt. Die Glasscheibe über mir leuchtet in grünlichen Farben auf und schreibt wie von Geisterhand *Anwender ist aufgewacht.*

Im selben Moment bewegt sich die Kapsel von selbst, fährt unter meinem Bett ein und gibt mich frei wie aus einem Sarg.

Als ich aufstehe, schmerzt jeder Schritt.

Dieses Gewicht, nicht zu wissen, was ich glauben kann, lastet auf mir und drückt herunter.

Ich hieve mich ins Bad und drücke einen leuchtenden Knopf unmittelbar neben der Badezimmertür, um den Dusch-Modus zu aktivieren.

Ich warte ein paar Sekunden, bis sich der Knopf grünlich färbt und ich ins Bad eintreten kann.

Im Badezimmer ist die golden verzierte Badewanne verschwunden und an ihre Stelle eine Duschvorrichtung getreten. Glasabtrennungen wurden von der Decke und aus dem Boden ausgefahren, um Spritzer auf dem Spiegel und den Handtüchern zu vermeiden.

Ich stelle mich unter den heißen Duschstrahl und lasse das Wasser auf mich herabregnen. Es kommt auf meiner Kopfhaut auf, auf meinen Schultern und auf meinem Rücken. Wandert meinen Körper entlang und nimmt die Kälte mit sich.

Kirans Augen brennen sich in meine Gedanken.

Sein Körper ruft nach Hilfe.

Und alles in mir will nachgeben.

Aber – ich habe es gesehen. Ich habe seine Reaktion auf meinen Ausbruch gesehen. Ich habe gesehen, wie er auf meine Anwesenheit reagiert.

Aber ich kann ihn nicht vergessen.

Als ich mit dem Duschen fertig bin, trockne ich mich ab und ziehe mich an. Auf Make-up und geföhnte Haare verzichte ich.

Sobald ich die Wärme des Badezimmers hinter mir gelassen habe, spüre ich erneut diese Schwere auf meinen Schultern. Sie lässt mich wie durch Treibsand waten, lässt mich nicht zur Ruhe kommen und treibt mich durch das Apartment.

Was ist, wenn ich mich irre?

Die Erinnerung daran, dass ... Es ist das Schlimmste, was passieren könnte, aber –

Wenn ich seine Hinrichtung einfach zulasse, obwohl er unschuldig ist. Möglicherweise erpresst wird. Genötigt wird. Was auch immer.

Was ist, wenn ich es mir nie mehr verzeihen könnte?

Im selben Moment nehme ich das Klopfen an der Tür wahr. Drei Mal.

»Komm rein!«, rufe ich, laufe zitternd weiter.

»Was ist denn mit dir passiert?«, fragt er und schneidet mir den Weg ab, sodass ich gezwungen bin, stehenzubleiben.

Er berührt mich an den Schultern und hält mich fest. Ein kleiner Stoß jagt durch meinen Körper.

Ich blicke nach oben und sehe in sein besorgtes Gesicht. Eine Kerbe bildet sich zwischen seinen Augenbrauen, gleichzeitig runzelt er die Stirn und wartet auf eine Antwort von mir.

»Ich – ich kann nicht klar denken«, antworte ich und lasse den Kopf hängen. Mein Herz schlägt im Rhythmus meines Atems. Wild und ungezähmt.

»Was meinst du?«, fragt er und kneift seine Lippen zu einer schmalen Linie zusammen.

»Ich weiß nicht, was ich glauben soll«, erwidere ich und kämpfe gegen den Drang an, meinen Kopf auf seiner Brust abzulegen und den Tränen freien Lauf zu lassen.

Ich kann einfach nicht glauben, dass ich Kiran verloren habe – dass wir *uns* verloren haben.

Statt zu antworten, wartet er, dass ich weiterrede. Also rede ich, erkläre ihm, was mich belastet und dass ich nicht weiß, was ich machen soll. Dass ich nicht weiß, ob ich einen gewaltigen Fehler mache, indem ich Kiran einfach gehen lasse, ohne den Grund zu kennen.

Erst antwortet er nicht. Hört mir aufrichtig zu und hält mich noch immer an meinen Schultern fest. Als hätte er Angst, dass ich abhauen oder zusammenbrechen könnte.

Stille.

Das Rauschen, dass von draußen nach innen dringt, ist die einzige Geräuschquelle, die den Raum am Leben erhält.

»Was willst du jetzt machen?«, fragt er nach einiger Zeit und blickt fragend drein. Statt mich zu verurteilen und mir meine Gedanken auszureden, lässt er mich ziehen.

Ich weiß nicht, *wann*, aber ich weiß, *dass* ich Macon sehr wohl in mein Herz geschlossen habe. Auch wenn er lediglich mein Wachmann ist. Auch wenn ich nur sein Auftrag bin.

Ohne ihn wäre ich verloren.

»Ich weiß es nicht«, gebe ich offen und ehrlich zu, wobei mir im selben Moment ein weiterer Gedanke durch den Kopf schießt wie ein Lichtblitz.

Ich denke an das Gespräch mit Macon zurück, als er mir davon erzählt hat, dass die wirklich wichtigen politischen Aufzeichnungen im Archiv aufbewahrt werden. Was, wenn ...

»Kannst du mir helfen?«, frage ich und blicke voller Hoffnung in sein Gesicht.

Er verzieht das Gesicht zu einem schiefen Grinsen und formt seinen Mund zu einem O. »Das bedeutet nichts Gutes, Skye Ignis.«

Ich schaue aus dem Fenster, zum Horizont. Stelle mir vor, die Basis der Sparks hinter dem von Hochhäusern verdeckten Horizont ausmachen zu können.

»Ansichtssache«, erwidere ich und zucke mit den Schultern.

Dann mustere ich ihn und schaue ihm tief in die Augen. »Ich weiß, dass du lediglich mein Wachmann bist und ich dein Auftrag, aber ich glaube, dass ich es mir niemals verzeihen könnte, nicht die Wahrheit herausgefunden zu haben, also –«

»Skye«, unterbricht er mich und ich schließe luftholend den Mund. »Und das heißt?«, fügt er vorsichtig und einfühlsam hinzu.

»Hilfst du mir ins Archiv zu gelangen, um die Aufnahmen aus dem Verließ zu checken?«

Ich weiß nicht, was in mich geraten ist. Aber ich glaube, dass Aufnahmen aus den Verließen wichtig genug sind, um bei der obersten Regierung selbst aufbewahrt zu werden.

Ich weiß nicht, was ich sehen und wie ich auf das, was ich sehe reagieren soll – aber ich kann mich nicht im Kreis drehen und darauf warten, bis alles vorbei ist.

Stille.

Lediglich seine Augen weiten sich.

Stille.

Mein Herzschlag ist das Einzige, was ich wahrnehme.

Dann tritt er von einem Fuß auf den anderen und blickt nachdenklich zu Boden.

»Ich«, fängt er zögerlich an, »ich könnte meinen Beruf verlieren«, sagt er und streicht sich über den linken Unterarm.

Phantomschmerzen jagen durch meinen Körper. Das Bild der Bahnstation keimt in mir auf, als ich vor lauter Schmerzen zu Boden gegangen bin und bereits mein Ende kommen sah.

»Ich weiß«, gebe ich flüstern zu und bereue es sofort, Macon gefragt zu haben.

Ich kann es nicht verantworten, ihn meinetwegen sterben zu lassen. Aufgrund meiner Neugierde, aufgrund meines naiven Kopfes.

Ich –

»Wann?«, höre ich ihn auf einmal sagen.

Ich glaube, mich verhört zu haben und schaue schockiert auf. »Was?«

»Nicht was«, erwidert er lächelnd und rollt mit den Augen, »*wann*?«

Etwas keimt in mir auf, bricht aus mir heraus.

Freude?

Liebe?

Glück?

Vermutlich alles auf einmal.

Ich springe auf und falle ihm um den Hals. »Ich schulde dir etwas, wirklich – irgendetwas. Was auch immer du willst.«

Seine Hand findet den Weg auf meinen Rücken. Klopft zärtlich darauf herum.

»Bring mich einfach nicht um, okay?«, antwortet er schließlich und ich lasse von seinem Hals ab.

***

Eben noch hat Macon zugestimmt, mir bei meinem Wahnsinn zu helfen. Im nächsten Moment erfahre ich, dass das Archiv unmittelbar an die Gemächer von Sage angrenzt und wir deshalb in dessen Büro einbrechen müssen, um ins Archiv zu gelangen.

»Was?«, gibt Macon von sich, während wir auf dem Sofa sitzen und uns Gedanken über die Vorgehensweise machen.

Vor unserem Gespräch hat Macon allerdings die Überwachungskameras per Sol-Tablet manipuliert, sodass wir ungestört reden können und niemand im nächsten Moment in das Apartment eindringen und uns festnehmen kann.

»Wir müssen Sage ausschalten, sodass wir an das ungekürzte Material kommen«, wiederhole ich skeptisch – und plötzlich ängstlich.

Er schüttelt lächelnd den Kopf. Eine Spur Besorgnis kann ich dennoch in seinem Gesicht ausmachen. »Nicht *ausschalten*. Lediglich betäuben.«

»Na dann ist ja alles gut«, erwidere ich ironisch und rolle lachend mit den Augen.

»Willst du die Aufnahmen sehen oder nicht?«, fragt er und erteilt mir einen Klaps auf die Schulter.

»Ja, Sir!«

»Dann müssen wir uns wohl an den Plan halten.«

»Und wie gehen wir vor?«, frage ich .

Er blickt zu Boden und verzieht seinen Mund zu einem schiefen Lächeln. Dann schaut er auf und blinzelt ein paar Mal. »Am besten schlagen wir heute Nacht zu. Ich glaube, Sage hat genügend Vertrauen zu dir aufgebaut, dass er nicht mit einem Ausbruch rechnet.«

Sage.

Ich weiß nicht, ob ich sein Vertrauen missbrauchen möchte. In gewisser Weise bin ich auf ihn angewiesen. Auch wenn ich mehr Freiheiten habe als noch am Anfang, liegt mein Leben in seinen Händen. Mit ihm zu spielen, bedeutet mit meinem Leben zu spielen.

Aber es wird alles gut gehen.

Davon bin ich fest überzeugt.

»Und was machen wir mit den Kameras?«, frage ich und stelle mir das Szenario bildlich in meinem Kopf vor.

Er grübelt für ein paar Sekunden über seinen Ideen, bevor sich der Ausdruck auf seinem Gesicht erhellt und er anfängt zu sprechen. »Ich könnte die Kameras für maximal eine Stunde manipulieren, sodass wir ungehindert an den Kameras vorbeikommen. Nachts sind lediglich am unteren Eingang Soldaten positioniert, da der Rest von Lasern übernommen wird, die mit den Kameras gekoppelt sind.«

»Laser?«, wiederhole ich fragend und denke an meine Trainingseinheiten beim Militär zurück. Allerdings glaube ich nicht, dass die Laser im Tower lediglich ein Signal auslösen, sondern den Körper des Passierenden pulverisieren und verbrennen wie Feuer.

»Mit den Kameras gekoppelt, ja«, bestätigt er und zwinkert gleichermaßen mit den Augen, »aber wenn wir die Kameras manipulieren, können die Laser auch nicht aktiviert werden.«

Das klingt alles so unglaublich sicher.

Als könnte dabei nichts schief gehen.

»Wir haben eine Stunde?«, frage ich prüfend.

»Eine Stunde«, bestätigt Macon, »danach sollten wir zurück in deinem Apartment sein oder ...«

Macon zögert.

»Oder wir sind tot«, vollende ich den Satz.

Er nickt.

»Ja.«

***

Die Lichter der Hochhäuser erlöschen nach und nach. Einzelne Deckenlampen geben ein sattes Orange oder Gelb von sich, andere dämmern in dunklen Rottönen.

Die Sonne ist bereits hinter der Skyline New Ainés verschwunden und dem Mond gewichen, der bedrohlich satt den Himmel erhellt, als wüsste er, was bevorsteht.

Ich kann seltsamerweise nicht klar denken.

Alles an mir zittert.

Mein Herz rast, kommt kaum zur Ruhe.

Ich spüre förmlich das Adrenalin durch meine Adern rauschen. Habe kaum Zeit, um über irgendetwas nachzudenken. Alles geht so unsagbar schnell.

Noch vor fünf Stunden habe ich mit einer Absage von Macon gerechnet. Dass es zu gefährlich sei. Dass er nicht sein Leben für ein paar Videoaufnahmen riskieren wolle.

Und jetzt sitze ich auf dem Sofa.

Warte auf das dreifache Klopfen Macons, sodass wir unseren Plan in die Tat umsetzen können.

Ich will nicht lügen - ich habe unsagbare Angst. Angst, zu versagen. Angst, erwischt zu werden.

Das letzte Mal, als ich geheime Daten nach Ordnern und dem Todesdatum meiner Mom durchsuchte, musste ich daraufhin um mein Leben rennen und aus der Hauptstadt fliehen.

Aber ich muss es wissen.

Ich muss wissen, ob ich richtig oder falsch liege.

Andernfalls könnte ich es mir nie verzeihen, Kiran zu vergessen.

Im selben Moment klopft es an der Tür. Drei Mal. Dann das obligatorische Zischen der Schiebetür.

Ich schaue auf und sehe Macon im Türrahmen stehen. Er lehnt seinen Kopf dem Flur entgegen und blickt nach links und rechts. Vermutlich, um sicherzugehen, dass die Luft rein ist.

Dann betritt er mein Apartment und sagt erst etwas, als sich die Apartmenttür von selbst geschlossen und er ein paar Knöpfe auf seinem Sol-Tablet betätigt hat.

»Bist du bereit?«, fragt er und kommt somit gleich zur Sache.

Ich weiß ehrlich gesagt nicht, ob ich bereit bin.

Die Angst hält mich fest im Griff und drückt nach jedem Atemstoß zu.

Dennoch nicke ich. »Ja.«

»Gut«, erwidert er und macht ein paar Schritte auf mich zu. Gleichzeitig kramt er in seiner Hosentasche herum und zieht zwei rote Tabletten darauf hervor, die er in seiner ausgestreckten Handfläche präsentiert.

Ich erhebe mich mit zitternden Knien und stütze mich leicht ab, um nicht allzu aufgeregt zu werden.

»Was ist das?«, frage ich und betrachte die Tabletten von allen Seiten.

Er reicht mir eine der beiden. »Das sind *Death-Tags*«, erklärt er sachlich, ohne dabei die Stimme anzuheben. »Falls wir erwischt werden sollten, nimmst du sie in den Mund und kaust so schnell du kannst darauf herum.«

Ich flüstere. »Warum sollte ich das machen?«

Kurz überlegt er, blinzelt und schaut zu Boden. Als er aufschaut, macht er einen weiteren Schritt auf mich zu, sodass er nur noch wenige Zentimeter von mir entfernt ist.

»Nichts ist schlimmer als das, was Sie mit uns anstellen, wenn sie uns finden.«

Ich atme ein und wieder aus. Kämpfe gegen die Spannung an, die sich von innen nach außen kreisförmig in meinem Körper ausbreitet.

»Du meinst...«

»Ja«, fährt er fort und nickt. »Das ist der einfachere Weg.«

Ich betrachte die Tablette in meiner Hand von allen Seiten.

Wenn sie uns erwischen –

Ich bin drauf und dran danach zu fragen, was mit uns geschehen wird, aber ich denke, ich weiß es.

Ich hatte Glück und musste bisher nur eine einzige Hinrichtung mit ansehen. Aber selbst auf dem eisernen Stuhl zu sitzen und darauf zu warten – zu hoffen –, dass es vorbei ist ...

Also stecke ich die Tablette in meine Hosentasche und ziehe den Reißverschluss bis zum Anschlag.

Als ich sein Gesicht mustere, starren mir seine klaren Augen entgegen. Ein Ausdruck von Furcht und gleichermaßen Mut verbindet sich mit den Farben seiner Iris.

»Ich hab da noch etwas für dich«, sagt er schließlich und lässt den Rucksack auf seinem

Rücken zu Boden gleiten. Er zerrt an einem der Reißverschlüsse und hält ein paar Sekunden später eine Waffe in den Händen.

Schwarz.

Geladen.

Erinnerungen kommen in mir hoch.

Erinnerungen, die mir sagen, dass ich das schon einmal gemacht habe. Dass ich schon einmal auf ein Ziel visiert und geschossen habe.

Aber töten ist etwas anderes. Wenn der Laser durch Haut und Knochen dringt und man dafür verantwortlich ist, wenn das Opfer zu Boden geht und nie wieder auch nur einen Atemzug machen kann.

Zögernd und zitternd nehme ich die Pistole entgegen und halte sie wie Blei in meinen Händen.

Ich weiß nicht, ob ich mich bedanken soll. Dennoch mache ich es und gebe ein flüsterndes »Danke« von mir.

Macon nickt. Mustert mein Gesicht und scheint die Furcht darin zu erkennen. »Nur für den Notfall.«

Ich nicke.

Er kratzt sich am Hinterkopf und gibt ein zaghaftes Lächeln preis. »Ich glaube nicht, dass wir sie brauchen, aber sicher ist sicher.«

Ich nicke erneut. »Sicher ist sicher.«

Er nimmt sein Sol-Tablet in die Hände, nachdem er mir die Waffe überreicht hat, und tippt ein paar Mal darauf herum. Alles was ich aus dem Augenwinkel erkennen kann, sind ein schwarzer Bildschirm, ein paar weiße Zeichen und jede Menge leerer Felder, die er mit flinken Fingern füllt.

»Bist du bereit?«, fragt er und berührt meine Schulter.

Ein Zucken durchfährt mich und plötzlich bin ich hellwach. Als hätte etwas im Inneren meines Körpers nur darauf gewartet, sich durch einen Fremdkörper entladen zu können.

»Ja«, antworte ich und unterdrücke das Zittern in meiner Stimme.

Dann eine letzte Berührung des Sol-Tablets und ein grünes Licht nimmt den Bildschirm ein.

Macon nickt. Ein Zucken seiner Mundwinkel sagt mir, dass er mindestens genauso viel Angst hat wie ich.

»Gut«, sagt er und macht auf dem Absatz kehrt. »Wir haben genau sechzig Minuten.«

Wir verlassen mein Apartment, als die Tür hinter mir zischend ins Schloss fällt.

Auf dem Gang brennen lediglich ein paar Energiesparlampen, die flimmernd einige Lichtnuancen von sich geben.

Der Rest des Gangs liegt in völliger Dunkelheit.

Macon reckt seine Finger empor und deutet über seine Schulter hinweg auf den gläsernen Aufzug.

Meine Hände zittern so sehr, dass ich Angst habe, aus Versehen einen Schuss abzufeuern.

Schweißperlen sammeln sich auf meiner Stirn, als wir schleichend den Gang passieren und die Türen des Aufzuges aufgleiten.

Stocksteif überwinde ich den Absatz zwischen Gang und Fahrstuhl und betätige einen Knopf, sodass sich die Türen schließen.

Nicht einmal hier drin – in einem geschlossenen und sicheren Raum – verlieren wir auch nur ein Wort.

Es ist viel zu riskant. Viel zu gefährlich.

Wir stehen beide unter Strom. Wagen es nicht, uns auch nur einen Zentimeter zu bewegen.

Ich atme flach ein und wieder aus und versuche, gegen die Anspannung anzukämpfen. Sie zerrt an mir und hält meine Muskelfasern zusammen wie Fesseln.

Die Türen des Aufzugs öffnen sich.

Ein Stockwerk erstreckt sich vor mir, in dem ich mich noch nie bewegt habe.

Macon tippt meine Schulter an und bedeutet mir, dass ich ihm folgen solle.

Also schleiche ich ihm hinterher und biege mit ihm zusammen um eine Ecke ab.

Dann ein großes, verziertes Eingangstor. Weiße Flügeltüren und ein Griff aus Gold, verziert mit Ornamenten.

Als er mir über seine Schulter hinweg zunickt, weiß ich, dass wir unser Ziel erreicht haben.

Ein Kloß bildet sich in meinem Hals.

Ich glaube, mein Körper riecht nach Angst und Panik. Alles in mir strebt gegen das Verlangen an, den kurzen Flur zu passieren und durch die Tür hindurchzuschreiten.

Aber ich mache es dennoch.

Macon beweget sich so elegant, dass man meinen könnte, er arbeite als Spion und nicht als Techniker in der Überwachungsabteilung.

Rechts neben der Tür ragt ein Display in die Höhe, welches grau-grünlich zu leuchten beginnt, als wir ihm uns nähern.

Zögernd zerrt Macon das Tablet aus seinem Rucksack. Dann tippt er ein paar Mal darauf herum und drückt das Display des Sol-Tablets gegen die leuchtende Fläche des Bildschirms.

Ein leises Piepen ertönt, zugleich macht sich ein Knacken an der großen Tür bemerkbar.

Als hätte sich soeben das Schloss zu Sages Gemächern geöffnet.

Ein Blick über Macons Schulter. Seine Augen ruhen auf meinen. Vielsagend durchdringen sie meinen Körper. Dann flüstert er: »Bereit?«

Seine Stimme hallt leicht von den Wänden wider, wie die Stimme eines Geists.

Alles in mir kämpft gegen das Nicken an, mit dem ich ihm antworte. Mein Körper verlangt nach dem sicheren Apartment, das ich hinter mir gelassen habe.

Ich weiß nicht, wie viel Zeit uns bleibt.

Aber ich muss es wissen. Ich muss wissen, ob ich Kiran endgültig verloren habe.

Also schiebe ich die Tür, nachdem Macon das Schloss erfolgreich entriegelt hat, wie die eines Kleiderschranks auf und betrete Sages Hallen.

KAPITEL 27

KIRAN

ES IST DUNKEL.

Stockdunkel.

Ich nehme den harten Sitz unter mir wahr und kämpfe gegen den Schmerz an, den die festgezogene Augenbinde zwischen Augenlid und Augapfel hinterlässt.

Neben mir sitzt noch jemand.

Zwei Personen, links und rechts.

Ich glaube, wir fahren.

Ich lasse meinen Kopf hängen und gehe den Schmerzen nach, die sich in meinem Gesicht ausbreiten.

Ich glaube, meine Nase ist gebrochen. Zumindest kann ich nichts mehr riechen – der Schmerz breitet sich wellenartig aus, bis er mein gesamtes Gesicht eingenommen hat.

Jemand niest.

Ein anderer zieht stark die Luft ein und stößt sie wieder aus.

Ich glaube, wir sind weitaus mehr als drei Leute in diesem Wagen.

Wir fahren.

Und fahren.

Und fahren.

Der Wagen hält ruckartig an, sodass die Schmerzen in meinem Gehirn ankommen und ich zaghaft aufstöhne.

Dann fahren wir weiter.

Bis wir plötzlich erneut anhalten.

Kurze Zeit später öffnen sich die Türen des Wagens. Das weiß ich, weil ober- und unterhalb meiner Augenbinde schmale Lichtschlitze zu sehen sind.

»Bewegung ihr faulen Säcke!«, ruft einer der Soldaten. Kurz darauf zerrt etwas an meinen gefesselten Händen und zwängt mich aus dem Auto.

Mein Kopf wird automatisch nach hinten und nach vorne geschleudert.

Es schmerzt.

Sehr.

Etwas zerrt an meinem Gesicht, sodass die Augenbinde abfällt.

Ich blinzle ein paar Mal, bis sich meine Augen an das Dämmerlicht innerhalb des Raumes gewöhnt haben.

Der Raum wirkt beengend. Schmal und niedrig.

Dafür sehr langgezogen, wie ein breiter Flur mit Sitzmöglichkeiten.

Ich werfe einen Blick nach links und nach rechts über meine Schulter hinweg und drehe mich im Kreis.

Dutzende aus unseren Reihen haben sich hier versammelt, allesamt gefesselt und mit der einen oder anderen Schramme.

Einige blicken zu Boden. Andere starren Richtung Decke.

Doch das Einzige, was sie alle verbindet, ist die Tatsache, dass sie alle aufgegeben haben.

Alle tragen diese gewisse Leere in sich. Dieses matte Glänzen, das ihre Augen benetzt. Ein erloschener Funke.

»Endstation, Männer!«, brüllt einer der Soldaten am Rande des Eingangs – ich bezweifle, dass es einen Ausgang gibt.

»Ich hoffe, ihr verbringt eine letzte, angenehme Nacht – denn was sich hinter diesem Tor befindet«, er deutet auf den verschlossenen Durchgang, der sich am Ende des langen Flurs befindet, »ist nichts anderes als das, was man den Großen Platz nennt.«

Ich lag falsch.

Es gibt einen Ausgang.

Stille breitet sich über uns aus und erzeugt Gänsehaut auf meinen Ober- und Unterarmen.

Die Tatsache, dass es morgen zu Ende geht, bricht über mich herein wie ein einstürzendes Kartenhaus.

»Bis morgen«, brüllt ein anderer Soldat über uns hinweg und zerrt an der Tür, durch die sie uns anfangs gebracht haben, »ihr tapferen Helden.«

Die Tür fällt mit einem lauten Knall ins Schloss, der durch meinen Körper wallt wie Donner.

Stille.

Totenstille.

Ich kann nicht glauben, dass es so zu Ende geht.

Eine leise Stimme in der hintersten Ecke meines schmerzenden Kopfes sagt mir, dass sie noch kommen wird.

Dass sie kommen und uns alle retten wird.

»Mailia«, flüstere ich leise, sodass nur ich die Laute aus meinem Mund wahrnehme.

Und dann bricht es aus mir heraus.

Solange Mailia nicht da ist, bin ich der Anführer der Sparks. Und ich – ich kann nicht zulassen, dass –

»Männer!«, brülle ich, sodass sämtliche Köpfe in meine Richtung schnellen und ich in Dutzende verwirrter Gesichter blicke.

Das Brüllen versetzt mich in Rage.

Ich rede mit ihnen.

Ich brülle für sie.

Ich nenne sie *meine Männer*.

Heute Nacht werden wir noch nicht sterben.

Morgen ist ein neuer Tag.
Die Hoffnung ist noch nicht verloren.
Der Funke darf nicht erlöschen.
Denn wenn er das tut, sind wir verloren.
Endgültig.

KAPITEL 28

SKYE

IM INNEREN DER GEMÄCHER ist es ruhig.

Unglaublich ruhig.

Die einzige Lichtquelle ist die des Mondes, der durch die großen rahmenlosen Fenster hindurchscheint und das Bett inmitten des Raumes erhellt.

Ich verharre in meiner Bewegung.

Starre zu dem großen Bett, welches von vier Stützen umgeben ist und durch den metallischen Glanz unglaublich bedrohlich wirkt.

Mein Herzschlag verdreifacht sich.

Vervierfacht sich.

Sage liegt zwischen Bettdecke und Kissen auf seinem Bett – und schläft.

Hilflos fahre ich herum und halte nach Macon Ausschau. Er lässt die Tür so leise ins Schloss fallen, dass nicht einmal ich das bekannte Klicken und Zischen wahrnehme.

Ich runzle die Stirn, versuche die Schweißausbrüche zu ignorieren und spüre das Adrenalin durch meine Adern rauschen.

Ich zittere. Gerate ins Wanken. Habe Angst, die Pistole zu betätigen.

Doch plötzlich kommt Macon näher. So leise wie ein Luchs und legt er seine warmen Hände auf meine kalten Schultern.

Mitten im Schlafzimmer von Präsident Sage.

Macon formt mit den Lippen einen stummen Laut, als würde er zischen und mich beruhigen wollen.

Ich schließe meine Augen und atme tief ein und wieder aus. Dann nicke ich, sichtlich entspannter, und bleibe stehen, als mich Macon umrundet und auf Sages Bett zusteuert.

Was hat er –

In seiner Hand hält er ein weißes Tuch, das er sachte auf Sages Gesicht legt.

Sages Oberkörper hebt und senkt sich.

Er hebt und senkt sich stetig.

Mein Herz bleibt stehen.

Er wird doch nicht. – Doch nach ein paar Sekunden entfernt Macon das Tuch und steckt es unbeachtet in eine seiner Hosentaschen. Sages Brust bewegt sich weiterhin auf und ab – lediglich ein wenig langsamer.

Macon deutet mit seinen Händen eine Schlafposition an und dann auf Sage, was vermutlich so etwas bedeuten soll wie: *Nun schläft er tief und fest*, oder so ähnlich.

Als ich zustimmend und zugleich zitternd nicke, dreht sich sein Körper im Kreis und seine Blicke durchsuchen Sages Schlafzimmer.

Ich folge seinen Blicken und bleibe an Geräten und Artefakten hängen, die ich nie zuvor auch nur ansatzweise gesehen habe. Lediglich der Kleiderschrank kommt mir bekannt vor.

Alles andere –

Wie aus einer fremden Galaxie.

Macon deutet auf einen eingelassenen Durchgang am anderen Ende des Raumes und macht sich auf den Weg.

Ich folge ihm auf Zehenspitzen und halte die Luft an.

Als ich mich Sages Bett nähere, um auf die andere Seite des Raumes zu gelangen, lasse ich ihn nicht aus den Augen.

Jede Sekunde wird er die Augen öffnen.

Mich anstarren.

Hochfahren.

Und mich hinrichten lassen.

Aber – es passiert nichts.

Ich denke an das Tuch und rede mir ein, dass es wahrhaftig funktioniert hat. Zumindest *bete* ich, dass es funktioniert hat.

Ich erreiche die andere Seite des Zimmers und atme hörbar aus.

Er legt eine seiner Hände auf meine Schultern und blickt mich fragend an.

Ich nicke. »Alles gut«, flüstere ich.

Also gehen wir weiter, darauf bedacht, keine Geräusche zu verursachen und passieren schließlich den Durchgang.

Vor und neben uns, links und rechts von uns ragen die hohen Schränke der Datenbank-Server in die Höhe und verschmelzen mit der Decke des großen Raumes.

Lichtanzeigen leuchten und blinken in sämtlichen Farbtönen. Graue Daten-Klötze sind mit weiteren Servern verbunden und diese wiederum mit weiteren Daten-Klötzen.

Eine Stadt aus Servern.

Macon geht voran.

Ich folge ihm.

Ehrlich gesagt, weiß ich nicht, wie und warum er seinen Orientierungssinn beibehalten kann.

Spinnweben von Stromkabeln und Serverteilen hängen von den Decken.

Hier und da ein Piepen.

Wir biegen nach rechts ab und –

Da steht er: Der größte Monitor, den ich je gesehen habe, verbunden mit etwas, das man damals glaube ich Tastatur genannt hat.

Als wir näherkommen, dehnt sich der Bildschirm aus und scheint noch größer zu werden. Doppelt so hoch wie ich. Und um ein Mehrfaches breiter.

»O mein Gott«, dringt es keuchend aus meinem Mund, woraufhin ich ein Lachen aus Macons Richtung vernehme.

Wir kommen näher, Macon betätigt ein paar Knöpfe, bevor er sich der Tastatur zuwendet.

Der Bildschirm leuchtet stechend blau auf, sodass ich einen Schritt zurückweichen muss und ein paar Mal blinzle, bevor ich mich an das grelle Licht gewöhnt habe.

Adrenalin rauscht in meinen Adern, als sich eine lange Liste mit Daten und Aufnahmen zeigt.

Tausende, Millionen.

Und Macon kennt sich aus.

Er sitzt vor Monitor und Tastatur, als hätte er nie etwas anderes gemacht.

Er tippt Dinge ein, von denen ich keine Ahnung habe.

Statt etwas zu sagen, komme ich näher, bis ich neben Macon stehenbleibe und eine Hand auf seiner Schulter abstütze.

»Was ist das alles?«, frage ich lautlos und kann nicht fassen, was sich vor meinen Augen abspielt.

»Daten – viele Daten. Jahrelange Aufzeichnungen von der Entstehung New Ainés bis heute.« Dann deutet er auf die Tastatur und den Monitor. »Deshalb sieht dieses Ding ja auch so monströs und gigantisch aus, weil es damals noch nicht die nötigen Mittel gab, um so eine große Menge an Daten auf möglichst geringem Raum zu verarbeiten.«

»Verstehe.«, ist alles, was ich antworte. Ich bin viel zu abgelenkt von dem, was ich sehe.

Zudem schlägt mein Herz so schnell gegen die Rippen, dass ich Angst habe, es jeden Moment zu verlieren.

Wenn er aufwacht und uns erwischt –

»Ich hab was«, meint er plötzlich, und das lenkt meine gesamte Aufmerksamkeit auf ihn. »Das sind Überwachungsvideos aus der Zelle, in die Kiran gebracht wurde.«

Er wirft einen Blick nach oben, sodass sich unsere Blick kreuzen. »Willst du sie sehen?«

Kurz zögere ich.

Dann atme ich tief ein und aus und nicke.

Er drückt auf eine L-förmige Taste, woraufhin sich ein Fenster öffnet und das Bild einer Überwachungskamera übertragen wird.

Ich kann nicht atmen.

Etwas ist in meinem Hals und hindert mich an jeglicher Art von Bewegung.

Stattdessen starre ich auf den Monitor und durchdringe Kirans sich abzeichnende Gestalt mit meinen Blicken.

Er sitzt in einer Ecke der Zelle und hat seinen Kopf gegen die Wand gelehnt.

Er sagt nichts. Gibt kein Wort von sich.

Er sieht so unschuldig aus. So mitgenommen.

Als wollte er das alles gar nicht.

»Von wann ist die Aufnahme?«, frage ich ihn.

Macon öffnet ein kleines Seitenfenster, lässt die Aufnahme allerdings weiterlaufen, bis er weiter nach vorne spult und die Aufnahme an einem gewissen Punkt mit normaler Geschwindigkeit abspielt »Kurz nachdem du ihn besucht hast.«

Mein Mund ist staubtrocken.

Ich habe das Gefühl, den Raum in Bewegung zu sehen, aber eigentlich steht er felsenfest in seinen Verankerungen und bewegt sich keinen Zentimeter.

Ich bin diejenige, die wankend und wie gebannt an Kirans Körper hängt.

»Meinst du, sie kommt nochmal?«, sagt einer der Sparks auf der anderen Seite der Zelle.

Mein Herz setzt einen Schlag lang aus.

»Wer?«, fragt Kiran.

Ein Stich.

»Deine Kleine natürlich«, erwidert der andere ein wenig genervt und scheinbar ziemlich interessiert. »Wer hat uns denn sonst schon besucht? «

Stille kehrt ein. Niemand sagt nur ein Wort.

Ich bohre meine Fingernägel in die Handfläche, bis es schmerzt. Mein Körper zittert. Ich weiß nicht, was er antworten wird. Ich weiß nicht, ob er überhaupt antworten wird.

Ich weiß nicht –

»Sie ist nicht meine Kleine.«

Ich falle.

Ins Bodenlose.

Falle zurück und spüre den Stich in meiner Brust.

»Aber gevögelt hast du sie?«

»Was geht es dich an?«

Ich schließe die Augen.

Die klaffende Wunde heult, brennt, sticht, tritt, pulsiert – Feuer. Pures Feuer.

Ich spüre Hände auf meinem Oberkörper.

Hände, die mich nach oben ziehe.

»Skye, komm schon – bitte«, flüstert Macon aus weiter Ferne.

Ich öffne die Augen und bemerke Besorgnis und Angst in seinem Ausdruck. Das Licht wirft lange Schatten auf sein Gesicht und verdeutlicht die tiefen Augenringe und die hohen Wangenknochen.

Ich weiß, dass ich mich zusammenreißen muss.

Wenn ich nicht mitspiele, gefährde ich unser beider Leben.

»Du musst stark bleiben, hörst du?«, höre ich Mom sagen.

Ich atme tief ein und wieder aus und wische mit dem Handrücken die Tränen beiseite.

Die klaffende Wunde brennt noch immer.

Aber ich bin in den letzten Wochen durch weitaus größere und weitaus heißere Feuer gegangen.

Ich muss stark bleiben.

Und dann werfe ich einen Blick auf den Monitor und sehe über Macon hinweg eine Datei, die sich in meine Netzhaut brennt und mich nicht mehr loslässt.

»Was ist das?«, frage ich so leise wie möglich und trete einen Schritt näher an den Bildschirm heran.

Unterhalb der Aufnahmen von Kiran leuchtet eine Datei mit dem Namen *S_Ignis_File* hervor. Schwarze Schrift auf weiß-blauen Hintergrund.

Die Datei ist eine von vielen.

Und dennoch schreit sie nach mir.

Also trete ich noch einen Schritt näher heran, vorbei an Macon, und navigiere zu der Datei. Dann drücke ich die L-förmige Taste und sehe dabei zu, wie sich das Fenster mit Videoaufnahmen öffnet.

Sie werden automatisch abgespielt.

Eine nach der anderen.

Und ich weiß nicht, was mich erwarten wird.

Dennoch blicke ich gebannt zum Bildschirm. Macon folgt meinem Blick, bis wir beide stocksteif vor dem Monitor stehen und warten …

Eine Überwachungskamera zeigt mein Apartment. Macon ist auch da. Wir reden. Ich sitze auf dem Barhocker und er steht hinter der

Theke, als plötzlich zwei Soldaten durch die Tür stürmen und nach dem Rechten sehen.

Der Clip endet hier.

Ich traue mich zu atmen und riskiere einen Seitenblick in Macons Richtung, weil ich nicht weiß, was das zu bedeuten hat – doch plötzlich beginnt ein weiterer Clip.

Eine große Halle. Langgezogen und sehr hoch. Einzelne Lampen hängen von der Decke herab. Hinzu kommen die großen, teilweise deckenhohen Fenster ohne Rahmen.

»Das sind Präsident Sages Gemächer«, höre ich Macon flüstern.

Doch es ist etwas ganz anderes, was meine Aufmerksamkeit auf sich zieht. Etwas, mit dem ich zu keinem Zeitpunkt gerechnet habe.

Cassie tritt ein. Geht geradewegs auf Sage zu.

»Ihr wolltet mich sprechen?«, höre ich sie sagen. Dann bleibt mein Herz regelrecht stehen.

Sage lächelt aufgesetzt. Ich erkenne das Lächeln und weiß, dass es alles andere als liebevoll gemeint ist.

»Ms. Novalee«, wird von den Tonaufzeichnungen mit seiner Stimmfarbe wiedergegeben,

»es freut mich, dass sie es sich einrichten konnten.«

Einrichten konnten.

»Skye, was –« Macon will irgendetwas sagen, bevor Cassie auf der Aufnahme ihm den Satz abschneidet.

»Weshalb bin ich hier?«, fragt sie.

Ein Kribbeln, das meine Wirbelsäule entlangläuft.

»Es freut Sie sicherlich zu hören, dass unser Plan erfolgreich aufgegangen ist, Ms. Novalee .«

Etwas in meinem Hals verwehrt mir die Luft zum Atmen. Ich kann nicht klar denken. Meine Gedanken kreisen unausweichlich um den Tag, an dem mir Cassie die Mitteilung machte, dass meine Mom hingerichtet worden sei.

»Das heißt...«, setzt Cassie an.

Sage macht einen Schritt auf sie zu. »Die Outlaws wurden dank Ihrer Hilfe erfolgreich ausfindig gemacht. Es freut mich, dass Sie sich an ihren Teil der Abmachung gehalten haben.«

Meine Lippen beben.

Cassie.

Es war die ganze Zeit Cassie.

»Skye, ist alles –« Macon.

»Und was ist mit ihrem Teil der Abmachung?«, höre ich Cassie sagen. Es klingt weit entfernt, als hätte die Tonaufnahme einen Augenblick lang versagt.

Im selben Moment ertönt dasselbe Geräusch, mit dem Cassie die große Halle betreten hat.

Eine Frau steht im Eingang, traut sich aber nicht, auch nur einen Schritt zu gehen.

»Mom«, ruft Cassie, rennt ihr entgegen und umarmt sie.

»Cassie«, höre ich ihre Mom sagen, »was hast du getan?«

»Ich habe dich gerettet, Mom.«

Ich – ich – weiß nicht, was ich machen soll.

Ich spüre Macons Hand auf meiner Schulter. Versuche, den Schmerzen in meiner Brust nicht nachzugeben und kämpfe dagegen an.

Doch – der nächste Clip wird bereits abgespielt.

Die große Halle wird erneut gezeigt.

Sage sitzt an seinem Schreibtisch und stöbert auf seinem Sol-Tablet, als plötzlich einer der Männer in Schwarz die Halle betritt.

Es ist einer jener Männer, die mich an meinem sechzehnten Geburtstag besucht haben.

»Mein Präsident, Sie wollten mich sprechen, sobald der Test bezüglich Ms. Ignis durchgeführt wurde.«

Mein Atem stockt.

Sages Kopf fährt hoch, sein Körper folgt ihm.

»Sehr gut, Sie wissen, was zu tun ist.«

»Sie wollen nicht wissen, welchen Beruf sie eigentlich ausüben sollte?«, fragt der Mann in Schwarz und hebt den Aktenkoffer empor.

Ich erkenne den Aktenkoffer.

Es ist der, den sie dabeihatten, als mir jene grüne Substanz injiziert wurde.

»Na schön«, erwidert Sage und führt eine wegwerfende Geste durch.

»Sie wäre Astronomin geworden.«

Ich wäre was?

Meine Augen hängen wie gebannt an den Aufnahmen. Ich kann nicht wegsehen, aber ich will es. Ich weiß nicht, was sich da in mir regt.

Etwas Dunkles, Tiefes.

»Beim Militär kann sie auch die Sterne beobachten, wenn sie auf dem freien Feld campiert.«

Ich ...

Ich kann nicht.

Was?

»Jawohl, Sir«, höre ich den Mann sagen, ehe er auf dem Absatz kehrt macht und die Halle wieder verlässt.

Meine Knie zittern.

Ich halte mich an der Vorrichtung fest, auf der der Monitor steht.

»Skye, wir haben nicht mehr viel Zeit«, flüstert Macon und stützt mich ab.

Doch bevor ich antworten kann, beginnt schon der nächste Clip.

Ich kann nichts sehen. Wische mir mit dem Handrücken über meine Augenlider und spüre die heißen Tränen an ihnen haften.

Ein Labor wird gezeigt.

Ein paar Wissenschaftler stehen um einen metallischen Tisch herum und tippen auf Konsolen, Tablets und dergleichen herum.

Sage betritt den Raum.

»Ist das neue Serum einsatzbereit?«, fragt er.

»Ja, mein Präsident – sofern das Testsubjekt bereit ist.«

Sage nickt. Verschränkt die Arme hinter seinem Rücken und nimmt eine dünne Röhre an sich, deren Inhalt grünlich leuchtet.

»Ms. Ignis wird morgen der Befragung unterzogen.«

Und dann wird es mir klar. Das Serum, das Sage dort in den Händen hält, ist das, welches mir injiziert wurde.

»Die Outlaws werden nicht die geringste Chance haben«, fügt er hinzu, noch ehe die Szene erneut wechselt.

»Skye«, höre ich Macon von Weitem rufen, »wir haben keine Zeit mehr.«

Unser Wohnzimmer wird gezeigt.

Mein Atem stockt.

Mom geht hektisch auf und ab, hält ihren Bauch, als hätte sie Magenschmerzen. Vor ihr steht –

Sage.

In unserem Haus.

Ich muss daran denken, als er mich dort abgesetzt hat, damit ich mit meiner Mom reden konnte. Ich dachte, dass er damals zum ersten Mal unser Haus –

Schon letztes Mal hat Mom ihn mit seinem Vornamen angesprochen.

»Was soll ich tun, Varo?«

Sie geht auf und ab. Auf und ab.

Als Sage plötzlich ihre Laufbahn kreuzt und sie an den Schultern festhält.

Zärtlich, nicht grob.

»Du sagst ihm, dass es sein Kind ist.«

»Das kann ich nicht«, flüstert Mom.

Was –

Heiß und kalt.

Kalt und heiß.

»Du musst – du schadest sonst unser beider Ruf«

»Wir hätten das nicht tun dürfen, Varo.«

»Ich weiß, aber jetzt ist es zu spät.«

Mom schweigt.

Sage schweigt.

Mein Inneres schreit.

Ich – ich weiß nicht, was ich machen soll.

»Wenn das Kind alt genug ist, wird es Großes verrichten und dann meinen Platz einnehmen.«

Mom schüttelt den Kopf und tritt einen Schritt zurück. »Du kannst doch nicht jetzt schon –«

Sie holt Luft, zittert. »Es ist noch nicht einmal auf der Welt, und du –«

»Wir leben in gefährlichen Zeiten, Maya.«

Mom sagt nichts, schüttelt den Kopf. »Es wird nie die Wahrheit erfahren.«

»Eines Tages mit Sicherheit.«

Sie schafft weiteren Platz zwischen sich selbst und Sage. Steht beinahe im Türrahmen zur Küche. »Bis es so weit ist, will ich nicht, dass du unserem Kind zu nahe kommst, hast du mich verstanden?«

Das Bild wird unklar.

Ich falle zurück.

Werde von zwei Armen gehalten.

Ich kann nicht mehr laufen. Nicht mehr stehen.

»Skye, wir müssen gehen«, höre ich Macon sagen. Aber ich kann nicht. Ich weiß nicht, wie das geht.

Doch die Entscheidung wird mir abgenommen, als bereits eine weitere Szene läuft.

Sages Gemächer, durch die wir vorhin geschlichen sind, zeigen sich.

»Ich dachte, Saige war damals noch kein Präsident? «, frage ich nervös.

Macon nickt. »Zu der Zeit haben Mailia und Sage beide im Palast gewohnt, bis die Wahl getroffen worden ist. «

Er sitzt auf dem Boden. Unter ihm eine Frau mit einem Dolch in der Hand.

Als ich näher hinsehe, erkenne ich sie.

Mailia.

»Du wolltest mich umbringen?«, brüllt Sage.

»Wir wissen beide ganz genau, dass du dieses Land in den Ruin treiben wirst, wenn du die Wahl gewinnst«, erwidert Mailia und kämpft gegen Sages Gewicht an.

»Du bist *krank!* Ich kann nicht glauben, dass wir verwandt sind!«

Er packt sie am Hals. Sie lässt reflexartig das Messer fallen und ringt nach Luft.

Sage lässt ab und steht auf, greift nach dem Messer.

»Und *ich* kann nicht glauben, dass du mit einer Gewöhnlichen verkehrt hast, Bruder! War sie gut? Was wird es? Ein Junge oder ein Mädchen?«

»Raus hier!«, brüllt Sage. »Bevor ich mich vergesse!«

»Skye – wir müssen gehen!«, höre ich Macon sagen.

Ich falle.

Ich falle immer tiefer.

Meine Gedanken kommen nicht nach.

Mein Kopf explodiert. Implodiert. Alles auf einmal.

Und plötzlich blicke ich Macon in die Augen. Er rüttelt an meinen Schultern, bis ich ihn wahrnehme und meine Tränen aus dem Gesicht wische.

Meine Lippen beben.

Er deutet auf seine Uhr.

Sie piept und piept.

»Was-«, flüstere ich zitternd, gehe der klaffenden Wunde in meiner Brust nach.

»Wir haben keine Zeit mehr!«

Also dreht er sich um, nimmt mich mit sich. Fort von all den Wahrheiten. Fort von all den Eingebungen.

Was bleibt, sind Schmerzen. Leere.

Und als ich mich umdrehe, falle ich noch tiefer.

Im Durchgang steht Sage. Er blickt mir mit großen Augen und aufgerissenem Mund entgegen.

Zumindest glaube ich, dass er große Augen macht. Der Tränenschleier verdeckt sein Gesicht.

Er sagt kein Wort.

Stocksteif steht er da. Als wäre er versteinert. So wie meine Gedanken. So wie mein Körper. So wie alles an mir.

Doch dann bricht es aus mir heraus, noch bevor er zu Wort kommt.

»Ich hasse dich!«, brülle ich. Kreische ich. Sodass mein Hals schmerzt.

Er tritt einen Schritt näher. »Skye, ich –«

»Du – du bist mein V-«

Ich kann nicht.

Ich kann gar nichts.

Worte bleiben auf meiner Zunge kleben wie in einem Spinnennetz. Ich bin unfähig, einen vollständigen Satz über meine Lippen zu bringen. Alles in mir weicht Millionen von Fragezeichen.

Mein Körper zittert.

Wut durchdringt meinen Körper. Umschlingt mich. Schickt Adrenalin durch meinen Körper, sodass ich aufrecht gehen kann und nicht zusammenbreche wie ein Kartenhaus.

»Ich – ich ...«, setze ich an.

Dann schreie ich. Und höre nicht mehr auf.

Ich gehe in die Knie. Halte mir die Ohren zu und sperre mich ein.

Mein Kopf dreht sich. Alles dreht sich.

Und plötzlich wird mir schlecht.

Ich spüre eine Hand auf meinem Rücken und bete, dass es die von Macon ist.

»Skye, lass es mich erklären.«, hallt Sages Stimme in meinen Ohren nach.

Gänsehaut breitet sich auf meinem Körper aus. Ich schlucke die Säure in meinem Mund hinunter, noch bevor ich mich übergebe.

Ich richte mich auf, drücke die Schultern durch und balle die Hände zu Fäusten. Doch statt zu schreien, weine ich. »Ich will nicht, dass du irgendetwas erklärst!« Ich hole tief Luft, zittere. »Ich habe genug gesehen.«

»Skye, ich –«

»Ich habe gesagt, du sollst den Mund halten!«, schreie ich.

Sein Gesicht ist aschfahl und eingefallen. Er wirkt traurig und verletzt.

Doch was ich fühle, ist kein Mitgefühl, sondern Wut und Trauer in hochexplosiver Kombination.

Mein ganzes Leben, meine gesamte Familie –

Die Wände beben. Der Boden bebt.

Eine Erschütterung geht durch meinen Körper, sodass ich mich an der Wand festhalten muss.

»Was war das?«, höre ich Macon fragen.

Sage dreht uns den Rücken zu und blickt durch eines seiner Schlafzimmerfenster.

Ein dunkler Schatten fällt auf sein Gesicht. Die lichtbedeckte Hälfte wirkt aschfahl und ausdruckslos. Als hätte er einen Geist gesehen.

»Der Große Platz, er steht in Flammen.«

TEIL 3

MILLION DREAMS

KAPITEL 29

SKYE

SICHERHEITSVORKEHRUNGEN werden getroffen.

Sirenen heulen und dröhnen in meinen Ohren.

Soldaten stürmen Sages Schlafzimmer und führen Macon, mich und ihn nach unten, ohne auch nur ein Wort zu verlieren.

Ein paar Soldaten schließen sich uns an, um dem Präsidenten mehr Schutz zu gewährleisten.

Ihrem tollen Präsidenten.

Sie teilen ihm mit, dass die Arena und der Große Platz gesprengt wurden – samt der Zellen der Insassen.

Flugzeuge seien anscheinend im Anflug und –

Der Boden bebt erneut. Sie befehlen uns, in die Hocke zu gehen und die Hände schützend über den Kopf zu halten.

Als das Beben nachlässt, rennen wir weiter.

Mein Körper ist taub. Alles in mir ist taub.

Zuerst dachte ich, das Beben rühre aus meinem Inneren her, bis uns mitgeteilt wird, dass Geschwader die Hauptstadt bombardieren.

Die einzige Person, um die ich mir Sorgen mache, ist Mom. Aber ich glaube nicht, das der äußerste Sektor ein Ziel für die Angriffe darstellt.

Die Türen öffnen sich. Vor dem Tower warten Panzer, deren Gehäuse aus hartem Stahl besteht, wie es den Anschein hat.

Sie bedeuten uns, einzusteigen.

Macon geht voran, streckt die Hand nach mir aus und ich greife zu, sodass er mir in den Panzer hinein hilft.

»Es wird alles gut«, flüstert er in mein Ohr.

Ich nicke, statt zu antworten.

Lasse Sage nicht aus den Augen.

Er sitzt mir gegenüber und blickt zu Boden. Aber ich weiß, dass er meine Blicke spürt und sie als unangenehm empfindet. Ich kann es sehen.

»Wo fahren wir hin?«, fragt Macon unverblümt.

Einer der Soldaten antwortet nach ein paar Sekunden Stille. »Wir bringen Sie an einen sicheren Ort, nach –«

Und dann dreht sich alles.

Ich bin kopfüber. Spüre Haut an mir. Haare.

Der Panzer dreht sich. Ich glaube, wir fliegen.

Es geht alles ganz schnell.

Bis ich plötzlich einen Luftzug spüre und realisiere, dass das Hinterteil abgerissen wurde.

Alles dreht sich.

Bis ich den harten Boden unter mir spüre und nach Luft lechze.

Staub wirbelt auf.

Meine Brust schmerzt. Äußerlich und innerlich.

Als ich aufstehe, bemerke ich das Blut an meinen Händen. Staub wurde aufgewirbelt. Der Panzer liegt ein paar Meter weiter weg auf dem

Dach wie eine Schildkröte. Die Seiten sind verbeult oder eingerissen oder nicht mehr vorhanden.

Neben mir liegt Macon, ringt nach Luft.

»Macon!«, rufe ich hustend und bücke mich zum ihn hinunter. Meine Hand ruht auf seinem Rücken, während ich versuche, ihn mit der anderen nach oben zu zerren.

»Es geht mir gut«, beteuert er und ringt nach Atem. Hustet den Staub aus seiner Lunge.

Als ich aufsehe, mustere ich das umgedreht liegende schwarze Gefährt, dessen äußere Hülle vom Aufprall eingedellt ist. Es liegt ein paar Meter von uns entfernt und schwankt hin und her.

Ein Husten durchbricht die Stille. Instinktiv fahre ich zu Macon herum, der noch immer seinen Köpf hält und verkrampft zu Boden blickt. Doch das Husten stammt nicht aus seinem Mund.

Stattdessen laufe ich der Geräuschquelle nach und mache vor dem Gefährt halt. Ich bücke mich, sodass ich durch die verbeulte Tür hindurchschauen und das Innere des Wagens ausmachen kann.

Das Husten ertönt erneut.

Sein Gesicht ragt zwischen einzelnen Platten hervor – Blut fließt am Metall herunter und sammelt sich in einer Pfütze am Rande der verbeulten Tür.

Sein Körper ist zwischen einigen Streben eingeklemmt – einzig sein Gesicht scheint beinahe verschont davongekommen zu sein.

»Skye«, höre ich ihn keuchen und husten gleichermaßen.

Etwas in mir rührt sich. Etwas Tiefes und Dunkles, das den Schrei aus meinem Hals im Archiv widergibt.

»Du wirst sterben«, antworte ich.

Sage nickt langsam und bedacht. Schließt die Augen. Mit seinen Händen versucht er seinen Körper zu richten und sich aus den Zwängen der einzelnen Streben zu befreien.

Vermutlich hat er sich eine andere Antwort erwartet oder erhofft, aber ...

»Ich wünschte, es wäre anders verlaufen. Ich wünschte, wir hätten mehr Zeit gehabt.«

Ich schnaube verächtlich. Meine Knie schmerzen, als ich mein Gewicht auf sie verlagere. »Das war also dein Plan? Mich hinzuhalten, damit du mehr Zeit mit mir verbringen kannst?«

Er schüttelt energisch den Kopf. »Nein, nein. So war das nicht gemeint.«

Für einen Moment werfe ich einen Blick über die Schulter und mache Macon aus. Er steht stocksteif inmitten des verwüsteten Terrains und starrt zu mir rüber, allzeit bereit, um mich zu verteidigen.

Dann widme ich mich wieder Sage. »Wie war es dann gemeint?«, frage ich, überraschend sanft und einfühlsam.

Er hustet. Einzelne, rote Flecken sammeln sich auf seinen trockenen Lippen. »Ich wünschte, wir hätten mehr Zeit gehabt, damit ich dir alles erklären kann, damit ich –«

»Wann hättest du mir gesagt, dass du mein – Vater bist.« Ich unterdrücke den Würgereiz und zwicke mich in die Handoberfläche, um an etwas anderes zu denken.

Stille. Husten. Blut.

»Ich hätte es dir gesagt, ich war einfach zu – zu feige.«

Ich antworte nicht, konzentriere mich darauf, nicht allzu wütend zu sein. Er wird jede Sekunde sterben, das ist mehr als genug.

»Du weißt, dass Kiran dein Cousin ist, oder?«

Ich schlucke. Mein Herz macht einen Satz in die falsche Richtung. »Er ist Mailias Neffe, Mailia meine Schwester und sie somit deine –«

»Tante«, flüstere ich so leise, dass nur er und ich wissen, was ich soeben von mir gegeben habe.

Ich zittere.

Etwas bricht. Ich weiß allerdings nicht, was.

»Ich wünschte, wir hätten mehr Zeit, Skye.«

Ich nicke. »Ich weiß.«

»Du sollst wissen –«, er hustet, schließt krampfartig seine Augen und öffnet sie wieder, »ich habe das alles nur gemacht, um dich zu beschützen. Um dich in Sicherheit zu wissen.«

Ich gehe die letzten Tage und das letzte Jahr meines Lebens durch und zweifle immer mehr an seiner Aussage. Aber ich will nicht diskutieren, will nicht, dass er die letzten Sekunden seines Lebens streitend verbringt.

Deshalb nicke ich, statt zu antworten.

Ich sehe auf.

Der Boden bebt. Mal sanfter, mal härter. Um uns herum hat sich eine Wand aus Staub und Nebel gebildet. Wie eine Arena.

Und doch kann ich ihn in der Ferne ausmachen.

Er humpelt. Rennt jedoch gleichermaßen.

Mein Herz macht einen Satz.

Mein Mund reist auf. »Kiran!«

KAPITEL 30

KIRAN

SIE RUFT MEINEN NAMEN.

Ich bleibe ruckartig stehen.

Warum auch immer.

Mein Bein brennt wie Feuer.

Ich sehe sie in der Ferne.

Vielleicht so groß wie mein Kopf.

Wenn ich stehenbleibe, bin ich tot.

Ich muss in Bewegung bleiben.

Mailia hat versucht uns zu retten, noch ehe Alarmanlagen und damit verbundene Minen ausgelöst worden.

Sie hat uns gerettet. Aber vor den Bomben konnte sie uns nicht beschützen.

Skye.

Sie war nur ein Auftrag.

Eine Nummer.

Eine weitere Mission, um am Leben zu bleiben.

Also werfe ich einen letzten Blick in ihre Richtung und kehre ihr dann den Rücken.

KAPITEL 31

SKYE

ICH WEIß NICHT, was in mich gefahren ist.

Ich wusste nur, wie es um uns steht.

Und dennoch konnte ich nichts gegen die Worte unternehmen, die ich schreiend und im Halse brennend über den Platz geschrien hatte.

Aber –

Er dreht sich um.

Ein zischendes Pfeifen in meinen Ohren.

Dann ein Windstoß, der mich ein wenig nach vorne drückt.

Ein schwarzer Schatten auf dem staubigen Boden.

Dann das Beben, als die Bombe auf dem Boden aufkommt und ich schützend vor Macon in die Knie gehe.

Noch mehr Staub und Dreck wirbelt auf.

Und als ich aufschaue, ist Kiran verschwunden.

Für immer.

KAPITEL 32

SKYE

SIE HABEN SAGE und die Soldaten aus den Trümmern des Panzers gezogen.

Manche Sparks haben sich freiwillig ergeben, andere wurden kaltblütig erschossen. Ein paar der Gesichter habe ich aus den Zellen wiedererkannt, doch den Großteil habe ich noch nie zuvor zu Gesicht bekommen. Aber was sie alle gemein hatten, waren der Ausdruck und die Miene, die sie preisgaben. Allesamt voller Verachtung und lieber für ihre Sache sterbend, als dass sie sich den Waffen New Ainés ergeben hätten.

Man kann also von ihnen halten, was man will, loyal und treu waren sie allemal. Vielleicht ist dies einer der Gründe dafür, weshalb Kiran die ganze Zeit über ein Spiel gespielt haben muss.

Kiran.

Sage ist tot. Genauso wie Kiran.

Mailia wurde eingequetscht zwischen zwei Aircrafts gefunden. Einige der geflohenen Sparks wurden gefasst und eingesperrt – andere haben sich freiwillig ergeben und wurden wer weiß wohin gebracht.

New Ainé liegt in Trümmern. Zumindest das Zentrum. Die Sektoren One, Two und Three sind beinahe unversehrt davon gekommen.

Macon und ich wurden von einem Suchtrupp in ein sicheres Lager abtransportiert, in dem mich Mom wiederfand.

In dem Moment, als sie mich in ihren Arm schloss und ich Tränen in ihr dickes Haar weinte, wurde mir eines bewusst: Sie ist das Einzige, was ich noch habe.

Auch wenn sie mir einige Erklärungen schuldet, bin ich ihr seltsamerweise nicht böse. Es wird einen Grund gegeben haben, weshalb sie sich auf Sage einließ.

Schon einen Tag später war alles vorbei. Die Aufräumarbeiten begannen und der Angriff der Sparks wurde bald als Anbeginn einer Neuen Zeit deklariert.

Ein paar der Menschen sahen sie als Erlöser an, nannten sie die *Flying Sparks* und erzählten ihren Kindern vom Tag der Erlösung.

Andere wiederum trauerten den Verstorbenen hinterher und halfen bei den Aufräumarbeiten, um sich abzulenken.

Ich hingegen schwanke zwischen Trauer und Gleichgültigkeit. Die letzten Tage, Wochen und Monate haben immer wieder und stetig aufs Neue Narben auf meinem Herzen hinterlassen. Ich habe so viel Schmerz und Leid empfunden und habe es immer für mich behalten. Immer darum gekämpft, stark zu sein und nach außen hin kalt zu wirken, um niemanden an mich heranzulassen.

Jetzt auf einmal meinen Gefühlen freien Lauf zu lassen und den Kokon von mir abzustreifen – ich weiß nicht, ob ich das kann.

Denn selbst jetzt muss ich stark sein.

Selbst jetzt, als alle von einer Generation B sprechen und sich einige der Bürger von New Ainé in der großen Halle des Towers versammelt haben, muss ich stark sein.

Mehr denn je.

Mit sechzehn Jahren hat man mir einen Beruf zugeteilt, in dem ich töten musste, um nicht getötet zu werden. Statt Sterne, wie es eigentlich meine Bestimmung gewesen wäre, habe ich Leichen gesichtet. Und statt nun zu machen, für was ich den Testergebnissen zufolge bestimmt bin, liegt die Last einer ganzen Nation auf meinen Schultern.

Jeder Schritt, den ich gehe, wird gemustert und festgehalten.

Ich drehe mich um und blicke auf all die Menschen. Auf all jene, die mir scheinbar vertrauen.

Doch bevor ich mich niederlasse und Sages Platz einnehme, sehe ich sein Gesicht vor meinem inneren Auge aufblitzen. Seine Augen und seine markanten Züge.

Varo Sage war mein Vater.

Und immer noch, wenn ich daran denke, spüre ich die Galle in mir hochkommen.

Allerdings hat er mir eine Möglichkeit eingeräumt, von der manche nur träumen können.

Ich kann es verändern.

Ich kann das System verändern und das schaffen, was Menschen vor dem Dritten Weltkrieg Frieden nannten.

Ich will nicht er sein.

Ich will nicht wie er regieren.

Die Tür der großen Halle öffnet sich. Macon tritt ein und lehnt sich an eine der Säulen.

Ich mache sein Lächeln aus, sein zustimmendes Nicken.

Und dann setze ich mich in Sages Stuhl. Nehme jene Energie wahr, die mich dort umgibt und vereinnahmt.

Ich bin das, was die Leute früher Präsidentin genannt haben.

Aber das wird nie wieder passieren.

Nie wieder wird ein Einziger so viel Macht besitzen, um ein ganzes Volk zu regieren.

Ich werde es ändern. Ich werde New Ainé verändern.

Damit aus A nie wieder Z wird.

EPILOG

LEA

MOMMY UND DADDY sind im Haus und reden.

Eine komische Frau ist bei ihnen und stellt die neuen Pläne für was auch immer vor.

So viele sehen Mommy als ihre Königin an.

Aber das stimmt nicht. Denn sie ist meine ganz persönliche Königin. Und Daddy ist mein König.

Ein Miauen ertönt und ich drehe mich um.

»Sammy!«, rufe ich und strecke ihm die Hand entgegen.

Er watet durch das Gras und hebt seine weißen Pfoten an. Als er bei mir ist, nehme ich ihn
hoch und drücke ihn fest an mich.

»Haben sie dich auch verscheucht?«, frage ich
und streichle seinen Rücken.

Statt zu antworten schnurrt er. Aber ich weiß
genau, was er sagen will. Immer.

»Ich hab dich lieb, mein Kleiner«, flüstere ich
ihm ins Ohr.

Dann setze ich ihn ab und er verschwindet im
hohen Gras.

Mir ist langweilig.

Also nähere ich mich unserem Haus, bleibe
aber stehen, als ich die Stimme der fremden
Frau immer noch wahrnehme.

»Ich denke, dass wir Mitte nächsten Jahres
mit dem Neuaufbau fertig sind, Kanzlerin.«

»Sehr gut, Cassie«, höre ich Mommy sagen.
»Und was machen wir damit?«

»Mit der Sparks-Basis? Nun, die Vorschläge
aus dem Senat waren, dass man die Wiederver-
breitung von Tier- und Pflanzenarten vielleicht
dorthin verlegen könnte, um die Medizin im
Zentrum weiter ausbauen zu können.«

Mommy antwortet zunächst nicht. »Schatz, was denkst du darüber?«

Ein Brummen, als Daddy nachdenkt.

Ich kichere. Daddy klingt jedes Mal wie ein Bär, wenn er nachdenkt.

»Ich finde, das ist eine ausgezeichnete Idee.«

Sammy miaut, als er durch das hohe Gras stapft und auf mich zukommt.

»Pst, Sammy!«, flüstere ich und gehe in die Knie. Etwas funkelt in seinem Mund. Eine Kette.

Sammy lässt sie ins Gras fallen und ich bücke mich danach.

Es ist eine Art Blume. Sie liegt schwer in meiner Hand. Sehr schwer.

An der Kette hängt ein silbern glänzender Blütenkopf mit weinroter Mitte.

»Macon, Schatz, siehst du mal nach Lea?«, dringt es von drinnen nach draußen.

Kurz darauf höre ich Schritte, als plötzlich Daddy vor mir steht und seine Hände in die Hüften stemmt.

»Hey Prinzessin!«, sagt er und lächelt.

»Daddy, schau mal!«, erwidere ich und zeige ihm die Kette.

Daddy betrachtet sie von allen Seiten und brummt wie ein Bär. »Sollen wir sie Mommy zeigen?«

Ich nicke und kichere.

Dann reiße ich Daddy die Kette aus der Hand und renne ins Wohnzimmer. »Mommy, Mommy, Mommy, schau mal!«

»Was hast du denn, mein Schatz?«

Ich strecke ihr die Kette entgegen und ignoriere gekonnt den Mann neben ihr.

Mommy bückt sich und nimmt die Kette entgegen.

Ihre Augen glänzen.

Warum glänzen ihre Augen auf einmal?

Dann streicht sie mit einem ihrer Finger über ihre Augen. »Danke, mein Schatz.«, flüstert sie. »Jetzt geh spielen, okay?«

Ich will sie nicht fragen, weil sie gerade Besuch hat. Also nicke ich nur und renne zu Daddy in den Garten.

»Und, was hat sie gesagt?«, fragt er mich.

»Mommy hat geweint.«

»Geweint?«, wiederholt er.

Ich nicke nur.

Sammy miaut und setzt sich neben mir auf den Boden und wedelt mit dem Schwanz.

Daddy streichelt über meinen Kopf und setzt sich ebenfalls zu mir auf den Boden. »Weißt du, Mommy ist eine echte Kämpferin und sie hat schon sehr viele Kämpfe gekämpft.«

»Ich weiß – wie ein Ritter, stimmt's?«

»Hm.«

»Meinst du, das ist ihr Zauberstein, der ihr Kraft gibt?«

»Ich glaube, so etwas in der Art«, antwortet Daddy und lacht.

Daddy hat mir damals von den Kämpfen erzählt und von all den bösen Menschen, gegen die meine Mom kämpfen musste. Und jetzt ist sie ihre Königin. Falsch: *Meine* Königin.

»Ich habe echt eine tolle Mom.«

Daddy lächelt und schaut ins Wohnzimmer, als Mommy plötzlich im Türrahmen steht und seine Augen wie Sterne zu leuchten beginnen.

»Allerdings.«

Danke an alle, die dieses Buch gelesen haben.
Danke an alle, die mich so tatkräftig unterstützt haben!
Vielen, vielen Dank für alles!

Am 22. März 2019 erscheint von Nico Abrell im DTV - Verlag:
»Ich bin ich – und jetzt? Über Mobbing, Outing und das erste Mal«